沖縄　ことば咲い渡り
さくら

外間守善
仲程昌徳
波照間永吉

ボーダーインク

まえがき

仲程　昌徳

表題の「ことば咲い渡り」は、「おもろさうし」に出てくる「明けもどろの花の咲い渡り」（十三・八五一）、「清らの花の　咲い渡る」（十三・八三四）等に見られる用語を借用したものである。

外間守善はその出典の一つになった「十三・八五一」のオモロについて「有名な〝あけもどろ〟のオモロである」といい、「日の出の壮観を讃えたもっとも美しいオモロである」と述べていた。「ことば咲い渡り」は、そのような「有名」で「美しいオモロ」に見られる「明けもどろの花」や「清らの花」を、「ことば」にかえ、オモロが放っているようなことばの輝きを伝えたいという思いでつけられたものであった。

「ことば・咲い渡り」は、沖縄タイムスに連載されたものである。タイムスがウタの欄を思いついたのは、たぶん大岡信の「折々のうた」によるのだろうが、こちらは、三人でということで、まず、扱うウタの領域の確認からはじまった。そして、一はオモロと琉歌、一は宮古、八重山の歌謡、一は近代の短歌、俳句を担当するということになったのである。

沖縄・宮古・八重山に伝えられてきたウタもそうだが、明治以後に詠まれたウタにしてもそれこそ膨大な数にのぼる。そしてそれらのウタは、それぞれに人のこころに触れてくるものがあるのだが、そのなかでも、特に大切だと思われる歌を選んで紹介してほしいというのがタイムスの要望であった。しかも当初、一年間の連載ということであった。ということは、各人一〇〇点ほどのウタを選び出せばいいということになったわけであるが、それが、思わぬかたちで三年四か月も続くことになったのである。それを三巻にした。編集上の都合で、巻をまたいでウタの入れ替えをいくらか行っていて、完全に紙面掲載順というわけではない。基本的に第一巻は、一九九一年一月から十二月まで、第二巻は九二年、第三巻が九三年といったように、年ごとになるよう考えた。三人によるウタの連載が、三年四か月で終わったのは、紹介するウタがなくなったことによるのではない。琉球のウタの精華は、それではほぼ尽くされたであろうと考えた新聞社側の判断による。

「ことば・咲い渡り」の各担当者は、それこそ琉球のウタの精華を読者に届けたいという一心でがんばったわけだが、見逃してしまったウタが、ないわけではない。読者各自でそれを補い、独自のアンソロジーをぜひ作ってほしいと思っている。

目次

一、本書は一九九一年一月一月〜一九九四年四月十七日、「沖縄タイムス」一面に連載された「ことば・咲い渡り」をまとめたものである（全三巻）。

一、時節の表現や変更のあった地名などは適宜修正を加えたが、執筆当時のままにした箇所もある。

一、それぞれの項目の末尾に執筆者名を記載した。

（外）は外間守善氏、（仲）は仲程昌徳氏、（波）は波照間永吉氏。

沖縄　ことば咲い渡り　さくら

天《てに》に鳴響《とよ》む大主《ぬし》
明《あ》けもどろの花《はな》の咲《さ》い渡《わた》り
あれよ　見《み》れよ清《きよ》らやよ

『おもろさうし』十三巻所収。太陽よ、明けもどろの花が咲き渡っていく。あれ、見ろ、美しいことよ。光が飛び散り炎が揺れて現れてくる太陽に、天地をどよもすような底鳴りの音が響きあっている。日の出の美観を讃えたオモロ。壮大な美しさに思わず、「アリ　ンーレーチュラサヌ」と叫ぶオモロ人の心にはすでに叙情がある。太陽も「明けもどろの花」と、華やかに咲く花に譬《たと》えられている。新しい型のゑとおもろ。（外）

正月《しょんがじぃ》ぬ早朝《しぃとぅむでぃ》　元日ぬ朝ぱな
東《あがりぃ》かい　飛びちぃけ
太陽《てぃだ》ば戴《か》め　舞いちぃけ

石垣島の民謡・鷲の鳥節

「鷲の鳥節」は「赤馬節」と共に八重山節歌の賀歌の双璧。節歌は三線を伴う民謡。アコーの大樹に鷲《わし》が巣をくってある。その巣から、元日の暁、初日の輝きをめざして若鷲が今しも飛び立って行く、というのが一首の意。めでたくもある、雄大な光景を思わせて、正月にふさわしい。元歌は「鷲ユンタ」。その作者について八重山研究の大先学喜舎場永珣は、大川村の神女仲間サカイとしたが、異説もある。（波）

けふのほこらしややなをにぎやなたてる
つぼでをる花《はな》の露《ついゆ》きやたごと

詠み人しらず

『琉歌全集』所収。詠み人しらず。この歌は「かぎやで風」という節（曲）で、祝いの席の始めに歌われるめでたい歌である。歓喜に満ちた喜ばしさ、嬉しさを、花の莟《つぼみ》が朝露に会ったようである、とした譬《たと》えのみごとさが、人々の心を清々しく包んでくれる。「露きやたごと」の末句が活きている。露にイチャタグトゥ（行きあったよう）の意である。「ほこらしや」は和語の「ほこらしげ」に通じ、歓《よろこび》の心を表わす慣用語。（外）

正月の　みやちやれば
吾《あ》ば　孵《す》でるしやくど　思《うむ》ふ
羽《はに》萌《む》いるしやくど　思ふ

多良間島の正月の祝歌

『南島歌謡大成　宮古篇』（一九七八年）所収。一行目と二行目の間に「大いる年のみやちやれば」がある。「大いる年」は大きな年、「みやちやれば」（ミャーチャリバ）は来ましたらの意。正月を迎える喜びを、生まれ変わる程だ、羽が生える程だ、と表現する。八重山の「赤馬節」でも喜びを「吾《ば》ん孵《す》でる今日《きゆ》だら／羽《ぱに》萌《む》いる丈《たき》だら」と歌っている。「すでる」は古の沖縄人の精神世界を開く鍵。（波）

東方《あがるい》の大主《ぬし》　明《あ》けまもどろ　見《み》れば
への鳥《とり》の舞《ま》ゆへ　見物《みもん》

『おもろさうし』十三巻所収。太陽よ、夜明けの空を見ると鳳凰《ほうおう》が舞って輝かしく美しい。鳳凰は中国における想像上の瑞鳥で、国王の王権とかかわりを持つが実在はしない。大和王朝でも鳳凰は瑞鳥として愛《め》でられている。久高島では、「アキマムルルヌ　ビンヌスイヌ　マイヌチュラサ」（明けまもどろの鳳凰の舞いの美しさ）と歌う。古代人には、日の出のまばゆさの中に鳳凰がひときわ輝いて幻想されたことであろう。（外）

親の親の遠つ親より伝へたる
この血冷すな阿摩彌久《あまみく》の裔《すえ》

末吉落紅

明治四十三年四月一日刊『スバル』第二巻第四号に発表された中の一首。落紅は、安恭のペンネームの一つ。「阿摩彌久」は、アマミキョの転。「琉球の古史神話によると、南島を創造した神はアマミキョ」(伊波普猷)といわれ、オモロや琉歌に数多く歌われている。全てが遅れたものとして打ち捨てられつつある中で、神の末裔である南島びとの熱い血を絶やすなと呼びかけたのである。(仲)

聞得大君《きこゑぎみ》ぎや　降《お》れて　遊《あす》びよわれば
天が下《てにがした》　平《たい》らげて　ちよわれ

『おもろさうし』一巻所収。聞得大君が降りて神遊びをし給うたからには、国王様は天下を安らかに治めてましませ。聞得大君は琉球王国時代最高位の神女で、太陽神に成り変わる。神遊びは、王城内の聖域（京の内）で太陽神が国王に国を治める霊力を授ける国家的な儀礼である。全二十二巻千五百五十四首の冒頭に象徴的に位置づけられているオモロ。このオモロで国王の王権が歴史的に正当化され、絶対化されていくのである。（外）

水祝我が身の上の今年かな

麦門冬

明治四十二年四月一日『文庫』に発表された一句。水祝は地方の風習で、新婚後初めての正月に、親戚友人らが酒肴を持って集まり水を祝うといって新郎に水をあびせかけること。那覇では、結婚式に夫婦固めの儀礼として花嫁花婿の額に水をつけた。ウビナディ（水撫で）。これまでは新婚をひやかしていたのが、今年は自分の番かと思うと、こそばゆくもあるというのである。嬉しさ恥ずかしさこもごもの新年である。（仲）

島尻九年母《くねぶ》　親国《おやくに》九年母《くねぶ》
うらこやはひ
おれづもが立てば　若夏《わかなつ》が立てば
うらこやはひ

『おもろさうし』十四巻所収。九年母（蜜柑）の実りが待ち遠しい。うりずん、若夏が立つといよいよ待ち遠しい。うりずんは旧二月、三月ごろ、潤いが大地に浸み渡っていく季節、若夏は四、五月、夏陽の鮮烈を迎えようとする直前のころの季節。若夏に香り高い白い花をつけ、秋になって実が熟する九年母だけでなく、作物の実りを願望し続けたうりずん待ちの息づかいが伝わってくる。（外）

命あるぎやでや歌ゆことぎやしゆが
吾が生れ島の言葉つかて

南島の詩人

明治四十二年一月九日『琉球新報』に掲載された「松井三郎氏へ」の中の一首。命のある限り自分たちの生まれた島の言葉を使って歌いたいものだというのである。アイルランド出身の作家たちは、英語でもって世界的に優れた作品を書いたが、半面ゲール語復活をとなえた。明治末期の沖縄の表現者たちもイエーツらの思想と運動に共感し、彼らに憧れ、沖縄の文芸復興を唱えたのであった。(仲)

此《く》ぬ大家《うぷや》きゃ　根石《にびし》ぬにゃん
元《むとぅ》からぬ　根《に》ぬ家《やー》どぅやりゃどぅ
夫婦《みゅーとぅ》根《に》や　踏み
島《シマ》とぅなぎ　栄《ぱ》やがらまちゅ

宮古の民謡・トーガニ

『南島歌謡大成　宮古篇』（一九七八年）所収。トーガニは宮古地生えの叙情歌で、宮古民謡の代表的ジャンル。ゆったりと上下する旋律が素晴らしい。この家は古より、根石のようにこゆるぎさえしない家。夫婦共にこの家に根を下ろし、島の有らん限り栄えあれ、と歌う。祝い家の夫婦の弥栄《いやさか》をことほぐ寿歌。根石、根の家、夫婦根と根を繰り返す所に言霊がゆらめき立つ。（波）

草原の冬の日はぬくし腹這《は》へば
甘蔗畑を越えて海のひろがる

新島政之助

昭和二年二月一日刊『街燈』に発表された「冬晴れの日—北谷に遊ぶ二日—」の中の一首。ミーニシ（新北風）が吹くと、南島の沖縄も寒くなって来るが、陽光が差すと甘蔗の穂波が銀色に輝いている向こうに広がっている海もおだやかで、冬であることを忘れさせてしまう。そういうポカポカと温かい日の一日を歌った一首である。『街燈』は、中部嘉手納で刊行されていた同人誌である。（仲）

思事《うむくとぅ》のあてもよそに語られめ
面影《うむかじ》とつれて忍《しぬ》で拝ま

国頭親方

『琉歌全集』所収。古典舞踊「諸屯」の出羽に使われている琉歌。「諸屯」は古典舞踊の白眉といわれているが、歌、音曲、舞踊のみごとな構造と調和をみると、故なしとしない。故島袋光裕師は、「諸屯」のすべては「ウムクトゥ」という出だしのことばのかみしめ方にある、といわれていた。万感の思いであろう「ウムクトゥ」の表現が、名高い三角目付や枕手などという高度な技を生み出したのだと思う。（外）

雪霜をみぬ邦なるにあはれあはれ
琉歌は霜も雪もよみてあり

山口由幾子

昭和十七年十月一日『短歌人』に掲載された一首。邦は国、地域、任国。あはれは物に感動して発する声、または強く心に感じた状態を形容する語できわめて多方面に用いられる。雪や霜など降らぬ暖かい島なのに、島独自の歌には雪も霜も歌われているというのである。雪が降ったという説もあるが、暖かい国の文芸作品に見られる雪を、なんともそぐわない切ないものとして見たのである。(仲)

白雲《しらくむ》ぬ　乗雲《ぬりくむ》ぬ　立ちゅらば
白雲で　乗雲で　思《うむ》いよんな
女童《みやらび》で　かぬしゃまで　思いぶり

竹富島の民謡・まざかい節

「まざかい節」は竹富島から西表島への出耕《でづくり》を男女の会話体で歌ったもの。海を渡っての出耕は稲作のため。白雲が、重なる雲が竹富島の上にたったら、それは私だと思って下さい、という。雲に恋人の面影を託すのは「川原山節」も同じ。万葉にも「我が面の忘れむ時は国溢り嶺に立つ雲を見つつ偲ばせ」等とみえる。この句の前は、西表島の上に掛かる三日月は俺だと思ってくれ、と歌う。（波）

ゑけ　上《あ》がる三日月や
ゑけ　神《かみ》ぎや金真弓《かなまゆみ》
ゑけ　上がる赤星《あかぼし》や
ゑけ　神《かみ》ぎや金細矢《かなまゝき》

『おもろさうし』十巻所収。あれ、上がる三日月は神の金真弓である。あれ、上がる赤星は神の金細矢である。このオモロはさらに、群れ星は神の差し櫛《くし》、横雲は神の愛御帯と謡いあげていく。しかし、三日月、赤星、群れ星、横雲など天体を彩る自然の美しさがなべて神の装いになるという視界の重なりに、神との深いかかわりが読みとれる。弓や細矢も征戦用ではなく招霊に使われている。（外）

くいぬぱな　登《ぬ》ぶてぃ
浜崎《はまさきぃ》ゆ　見《み》りば
まかが　布《ぬぬ》晒《さら》し　うむしる　見《み》物《むぬ》

新城島の民謡・くいぬぱな節

クイヌパナは八重山・上地島の船着き場脇の小崖。そこに登って浜崎を見やるとマカ女の布を晒《さら》すのが見える。その美しさよ、と歌う。本土の民謡に広くみられる「高い山から谷底見れば、おまんかわいや布晒す」型の変種。小浜島の芸能ダートゥーダーの歌「あそつき」もそうである。なお「～に登って～見れば」型の歌は琉歌でも「瓦屋節」「小浜節」他、広範にみられる。本歌を俗に「恋の花」と書くが、それは音の重なりによるもの。（波）

吹き晴れて星降る海や冬の空

三念

明治四十三年二月二十七日『沖縄毎日新聞』に掲載された「毎日歌壇」の中の一句。三念は、高江洲康健のペンネーム。四十四年十一月五日没、享年二十七歳。結核による死であった。久米島の任地から帰って来て、壺屋煙里舎で病に伏す前の作品であろう。冬の海に降るように瞬いている星を歌ったものであるが、この句の美しさは「星晴れ」の語が内に生動していることによるかと思われる。三念の絶唱といっていい一句である。（仲）

ヤー　此《く》の屋《やー》の　内なか
太陽《てぃだ》の型　あんてぃすー
ヤー　太陽の型見りば
照《てぃ》りゅーなー　しーゆーる

鳩間島の民謡・あーぱーれー

鳩間島の新室寿《ほ》ぎの歌の一節。「あーぱーれー」は本土語の「あっぱれ」と同根の語。ああ立派だ、素晴らしいの意。新室寿ぎは、新築家屋の祝福儀礼。新しい家の中には太陽があって、その太陽を見ると照り輝いている、と歌う。以下の句でも、この家の中には月が輝き、イルカ・馬・牛・犬・猫の獣が跳ねあい、噛みあい、ひっかきあっていると歌う。万物の命の輝く家という予祝の歌。四七九番オモロも同趣。（波）

枕ならべたる夢《いみ》のつれなさや
月やいりさがて冬の夜半

赤嶺親方

『琉歌全集』所収。荒涼たる冬の夜半の月ほど侘《わび》しいものはない。その侘しさと「枕ならべたる夢」の虚《むな》しさを重ねあわせる部分に作者の悲しみの深さがうかがえる。寂寞《せきばく》と、しかも冴え冴えとした冬の夜の月に仮託する侘しさは男の歌心であろう。しかし、古典舞踊「諸屯」では女心の表現として踊られている。つまり、琉歌の文学的成立と古典舞踊という劇性の中の歌心とは別ものなのである。(外)

別《わか》て面影《うむかじ》の立たばぬきめしやうれ
なれし匂袖《にをいすでぃ》にうつちあもの

詠み人しらず

『琉歌全集』所収。馴れ親しんだ匂いを着物の袖に移し、恋人の心を魅きつけようとする女心。「なれし」の「し」の使い方は、ぬきさしのならない二人の関係をわからせてくれる。奄美の島歌でも「袷綿衣に匂い移ちたぼれ」と歌うし、和歌の「いとせめて恋しき時はむば玉の夜の衣を返してぞ着る」（古今集）など、移り香の漂いがほのかに伝わってくる。「匂」に託した女心は真剣だし、美しいと思う。（外）

昔事《むかしくとぅ》の　しくしく　思《うもー》り時ぇー
ちぃぢぃめーるぃ　箸《ぱし》ぇーまん
すとぅるって　落てぃどぅ　すぃー

詠み人しらず

『とぅばらーま歌集』（一九八六）所収。トゥバラーマは八重山地生《ぢぉ》いの叙情歌。もと、労働歌という。戦後の一時期迄は、野良帰りに道を隔てて謡い交わす情景もみられた。現在は座歌《ざうた》化。「遠い過去の事がしみじみと思われる時は、手にした箸も知らずに落ちてしまう」。手の箸が落ちて行くのも知らない程に、詠み人の中の「昔の事」は切なく、大きい。哀しい別れの記憶、それは全ての人のものでもある。（波）

日もすがら酒呼びし子は
琉球に生れたる悲哀をかこつなり

れつぎん

明治四十三年一月十日『沖縄毎日新聞』に掲載された「若き日」の中の一首。日もすがらは朝から晩まで、一日中。かこつはかこつける、他の事実を口実にする、思い悩んで嘆くこと。「琉球に生れし悲哀をさけびたる酒飲みの友いまはいずこに」（大三、島袋三郎）の歌もあるように、琉球に生まれた悲哀が、新しい時代に目覚めた青年たちの合言葉のようなものになっていた時代もある。（仲）

越来綾庭《ごゑくあやみや》に　金木《こがねげ》は植《う》へて
金木《こがねげ》が下　君《きみ》の按司《あぢ》の
しのぐりよわる　清《きよ》らや

『おもろさうし』一二巻所収。神庭に蜜柑《みかん》の木を植え、神女がシヌグの舞を舞って豊かな実りを予祝するオモロ。蜜柑は不老長寿の薬として珍重したらしく、垂仁天皇が田道間守《たぢまもり》を常世の国へ香菓を求めに遣《つか》わされたが、持ち帰るまでに九年かかったので九年母《くねんぼ》と命名したという伝説がある。沖縄でも神庭に植え、神女が舞って実りを予祝するほどの香菓であり、よほど珍重されていたらしい。（外）

ダンテ主やよかてなどの言葉しち
あひな神曲も歌ひめしようち

南島の詩人

明治四十二年一月九日『琉球新報』に掲載された「松井三郎氏に」の中の一首。ダンテ氏は自分の言葉であんなに尊い神曲をお書きになられてすばらしいことだというのである。神曲はイタリア語で書かれた詩篇。当時の公用文章語はラテン語。ダンテは、一種の地方語で神曲を書いたのである。標準語励行運動の大合唱の中で、伝統的表現の再興と新しい表現の可能性を求めようとした一首。（仲）

昨夜《よべ》見《み》ちゃる夢《いめ》の　真夜中《まよなか》の夢《いめ》の
夢《いめ》や跡《あと》無《な》もの　夢《いめ》や失《う》せ無《な》もの
おなり抱《だ》ちへともて　つくり抱《だ》ちへともて

『おもろさうし』十二巻所収。昨夜見た夢がほんとに楽しかった。でも夢はたわいないもの、すぐに失せるものだ。かわいい乙女を抱いたと思ったのに…という恋の夢見を謡う珍しいオモロ。十二巻は「いろいろのあすひおもろ御さうし」で、全体的に祭式を中心とした「神遊び」的オモロで構成されているが、中に数首、民衆の「遊び」オモロのとり入れられているのが目につく。（外）

熱烈に『仲風節』弾きて叫びたる
かの若き日の甘き追憶

平氏

明治四十五年二月三日『沖縄毎日新聞』に発表された「琉球の音楽」の中の一首。「仲風節」は、二揚げ絶唱の典型曲。奇数律と偶数律からなる和琉折衷歌。切迫した心情を詠んだ歌が多い。「月の夜に咽ぶが如き干瀬節の笛を聞きつゝ泡盛に酔ふ」(狂浪)、「仲間節恨むがごとく声ひくゝ喉あやつるは誰に習ひく」(屋宜二良)等、二揚げ曲に心情移入した歌は多い。叫びと甘きが絶妙。(仲)

あはぬ夜《ゆ》のつらさよそに思《うみ》なちやめ
恨《うら》めても忍《しぬ》ぶ恋《くい》のならひや

与那原親方

『琉歌全集』所収。古典舞踊「伊野波節」では「あはぬ夜」は「思う人に逢えないで」と解されている。しかし、文学としては「逢わないで」とも解される。「伊野波節」の女性は「諸屯」の女性よりも屈折した感情を持ち、自己規制のできる知的な女性である。逢えば逢えたであろうに、逢わないで帰る姿に女の誇りと才気が感じられる。にもかかわらず、また忍び恋に身をゆだねようとする女心。複雑である。

（外）

恩《うん》納《な》松下《まついした》に禁止《ちじ》の牌《ふぇ》の立ちゆす
恋《くぃ》忍《しぬ》ぶまでの禁止やないさめ

恩納なべ

『琉歌全集』所収。農村の若者たちにとって、一日の労働を終え、アシビに求める忍び恋ほど楽しいものはない。それをしも禁止しようとするお上の示達に、激しく燃える怒りを歌に包んだ心意気。神遊び、シヌグ遊びに源をもつモーアシビ（野遊び）の場には、男女の心をかわしあう粋なウタ掛きがあり、筑波の嶺につどった万葉集の歌垣《かがい》をほうふつさせる。ウタガキはアジア地域に広く伝わる古俗である。（外）

首里《しゅい》みやだいりすまち戻《むど》る道すがら
恩納《うんな》岳《だき》見《み》れば白雲《しらくむ》のかかる
恋《くい》しさやつめて見《み》ぼしやばかり

詠み人しらず

『琉歌全集』所収。恩納岳にかかる白雲を見るといちずに逢いたいと思うばかりである。恋人への思慕の情を雲に仮託することは、八重山民謡の「白雲ぬ乗雲に立ちゅらば」や、「愛しけやし吾家の方よ雲居起ち来も」(古事記)、「たなびく雲を見つつ偲ばむ」(万葉集)とか、文学世界に広く通ずる修辞である。長い八八八八八六の歌形は、古い琉歌の名残だと思われる。(外)

浪村が訪ねくるとは
寂泡が占にも出でずたのしかりけり

島袋九峰

大正十五年二月六日『沖縄朝日新聞』に発表された「内海同人詠草」の中の一首。浪村は名嘉元浪村、寂泡は池宮城寂泡。寂泡は、手相見をしてその日その日の食を得、各地を放浪していたが、仲間の浪村が思いもよらず訪ねて来たので占いにも出ず、一緒に騒いだというのである。寂泡、浪村は、球陽文壇のリーダー的存在であった。「内海」は島袋哀子、星野茂、大川夏樹らを同人とした。（仲）

伊野波《ぬふあ》の石こびれ無蔵《んぞ》つれてのぼる
にやへも石こびれ遠《とう》さはあらな

詠み人しらず

『琉歌全集』所収。「石こびれ」は石ころ道の坂。いとしい人と二人で歩いている男の胸の高鳴りが聞きとれる。石こびれがもっと続いて欲しいと願いながら、別れがつらく、束の間の喜びを充実させようとする悲しい歌でもある。『古事記』にも「梯立ての倉梯山は嶮しけど妹と登れば嶮しくもあらず」とある。「無蔵」は男から女の恋人をいう語で、九州方言のムゾカ(愛らしい)に通ずる。「里」に対応する。(外)

琉縚《りゅうしん》をテントルマンというぞ実に三味線会は琉縚《りゅうしん》の会

白眼生

明治三十四年二月二十一日『琉球新報』に掲載された一首。琉縚は琉球紳士のこと。テントルマンは、口三味線と英語とをかけたもの。三味線会が辻中道神屋で開かれたのは三十四年一月二十五日。弾手《ひきて》四人、審判員十二人。「首里那覇の名ある三味線久田屋富祖の両開鐘」を始め当世の作までを弾手が競い合い、審判員が聞き、投票。それが早速「諷叢」欄にとりあげられ、多くの狂歌が投ぜられた。（仲）

あやはべる　くせはべる
げになとて　だになとて

伊平屋島のミセセル

『琉球国由来記』（一七一三年）所収。「麑島の御手に入、三年目に、嶽々とのへ、神出現にて、神託」の一節。ミセセルとは神託のこと。その中で、神は綾なる蝶・奇すしき蝶となって示現する、という。沖縄においては神霊は鳥となり、あるいは蝶となる。その思念は「赤木赤虫がはべるなて飛ばわ　平敷屋友寄が遺念と思れ」（朝敏）から、「蝶となり蜻蛉となりて訪ひくるという俗信を今は信じたしわれは」（比嘉栄子）まで続いている。（波）

血眼になって受験勉強などと
のどかな田舎にふさわぬ風景

桃原思石

大正十五年五月十六日『沖縄朝日新聞』「朝日歌壇」に発表された「五月の歌」の中の一首。貧しさ故に学問が大切に思われた時代、一家の幸不幸を担って受験者は狭き門をくぐりぬけるために血眼になった。受験者のその心情をよく分かるゆえに、疑問を感じるとともに、揶揄《やゆ》せざるを得ないのである。思石は、短歌の革新を叫んだ新興短歌運動にいち早く身を投じ活躍した社会派歌人の一人。（仲）

恩納《うんな》岳《だき》あがた里《さとう》が生《ん》まれ島《じま》
もりもおしのけてこがたなさな

恩納なべ

『琉歌全集』所収。恋する女心の激しさがほとばしるように吹き出て、山に迫っていく姿がみられる。この歌は「夏草の思ひ萎《しな》へて偲ふらむ　妹が門見む靡《なび》けこの山」（万葉集）と比較されて知られている。共に激しく一途な恋であると同時に、物理的に不可能なことを乞い願おうとする呪的な心性をうかがうことができる。八世紀ごろの和歌と十八世紀ごろの琉歌にこだましあっている古代的呪性に目を注ぎたい。（外）

片手《かたて》ゅしゃ　坊主《ぼうず》がま　しょうき
又　片手《かたて》ゅしゃ　瓶《びん》ぬ酒《さき》　持つよ
主が船　迎《んか》いがよう　浜下《すが》りよ

多良間シュンカニ

『南島歌謡大成　宮古篇』所収。シュンカニは宮古では多良間のみに伝承された歌謡。別離の悲哀を歌うのが特徴。島にやって来た役人と島の娘との生活。しかし、これほど別れの約束されたことも、またない。本歌は、片手には幼い子を抱き、又の片手には出迎えの杯をみたす酒瓶を持って、と船迎えのことを歌う。これは航海平安の予祝であるが、ここには尋常ではない悲しみの表現がある。（波）

ヰスキイもウオツカの酒もおよばざる
わが泡盛の酔ひごこちかな

上間正雄

明治四十三年二月一日刊『スバル』に発表された中の一首。「ヰスキイ」は、ウイスキー。洋酒よりも泡盛をという泡盛賛歌。浄瑠璃や女義太夫を一方に、バア、キャフェ、シェリー、ペパミント、ランプ、カンテラといった「エキゾチシズム」に酔った明治末期。白秋を通し「パンの会」のバッカスとヴヰナスに傾倒、異国情調と辻遊郭に心酔した上間はスバル・創作等で活躍した。(仲)

昼《ぴる》なりば　人《ぴとぅ》ぬ　かし出しょうり
夜《ゆる》なりば　御《う》神《かみ》ぬ　かし出しょうり

石垣島の民謡・そーそーまかージラバ

『南島歌謡大成　八重山篇』所収。ソーソーマカーは石垣市石垣のジラパカにある井戸。八重山で初の掘り抜き井戸と本歌で歌われる。ジラバは主に労作のための歌謡。本歌はソーソーマカーの開鑿《さく》を叙事的に歌う。昼には人が掻き出し、夜には御神が掻き出しなすって、の意。この井戸は人の力のみで出来たのではなく、神の助け有ってのものだという。神人一体であった時代の、命の水を得ることの喜びと感謝の表現。（波）

精つくと朝な〳〵に湯をかけて
薬の如く油味噌食ふ

比嘉俊成

大正十五年二月十日『沖縄朝日新聞』「朝日歌壇」に発表された「試験即成」の中の一首。なは格助詞、のと同じに繋《つな》ぎに使う。油味噌は、味噌に豚肉や鰹節、落花生等を混ぜ油で炒めたもの。アンダンスー。ご飯に掻《か》き混ぜて食べる。油味噌は元気が出るというので毎朝薬を飲むようにお湯をかけて食しているというのである。遊学のため家を離れている者の侘《わび》しさが滲《にじ》み出ている一首。（仲）

おぎやか思《も》いが御想《さう》ぜや
向《む》かう方《かた》 撓《しな》て
按司《あぢ》襲《おそ》いぎや親《おや》御《お》船《うね》
押《お》し浮《う》け数《かず》 守《まぶ》りよは

『おもろさうし』十三巻所収。一五一七年、セヂアラ富（船）を真南蛮に派船した時のオモロ。行く先々の国で「しなう」ようにという願いと祈りがこめられている。撓う心は交易経済の基本であり、貿易立国をした琉球王国の国是でもある、「舟楫を以て万国の津梁」となし、平和な蓬莱島たらんとしたオモロ人たちの心は撓やかである。「しなう」というのは調和、和合の精神である。（外）

いひにうえ病めるうなゐをみとりつゝ
蘇鉄くだける人あはれなり

城山正憲

大正四年二月十六日『琉球新報』に発表された一首。いひは飯、御飯。うなゐは七、八歳ぐらいの子供のこと。蘇鉄は九州、沖縄などの暖地に自生、観賞用として栽培されもしたが、旱魃《かんばつ》等による飢饉の際の救荒作物ともなった。食べる物もなく病気で弱っている子供を看病しながら、救荒用の蘇鉄の実を砕いている人がかわいそうだというのである。貧ゆえの病を癒す食糧が蘇鉄とは、あまりに痛ましい。（仲）

青潮《おーす》が花《ぱな》ゆ　越《く》いすまい
なぐい　越いすまい／苦《ぐ》りふにゃん
汝《うヴぁ》たが門《ぞー》　来《きー》／かなしゃゆ　待チすどぅ
どぅキ苦《ぐ》りかイ

伊良部トーガニー

『南島歌謡大成　宮古篇』所収。伊良部トーガニーは、伊良部島独特のトーガニー。自由リズムで、装飾的な唱法にのせて男女の情愛を歌うことを特徴とする。「青潮が花」は、青々とした潮に咲く白い波頭。「なぐい」は、波、波濤《はとう》。「どぅキ」は、とても、非常に。海を渡り、波濤を越えるのが何苦しかろう。あなたの家の前で愛しいあなたを待つのがとても苦しいのだ。（波）

恨《うら》む比謝橋《ふぃじゃばし》やわぬ渡《わた》さともて
情《なさき》ないぬ人《ふぃとぅ》のかけておきやら

よしや

『琉歌全集』所収。冒頭の措辞は、「恨む」心を橋と親に掛け、「情ない ぬ人」を架橋した人と親に掛けるという、いわゆる掛詞だが、恨めしい親を「恨む」といえない心情が哀れである。「情ない親が恨めしい」と叫びたいであろうに、それをしも抑制しているよしやの悲しみは深い。和歌世界では、感情を抑制することを「美」とする情趣が潜流してみられるが、よしやの歌にもそれと共通するものが感じられる。(外)

古見の浦《くんのーら》ぬ　八重岳《やいだき》
八重かさび　みゆすく
イチィン　ミブシャ　バカリ

西表島の民謡・古見の浦節

『八重山民謡誌』（一九六七年）所収。古見の浦は、かつて八重山の中心地であった西表島の古見。「古見《こみ》」は米の謂として、柳田国男は稲作の伝来とこの地を結びつけた。みゆすくは古見の美称。古見の浦に聳《そび》える八重岳、八重に重なる山の許の古見。何時までも見続けていたい、の意。本歌には、古見に逗留した石垣の士族青年と村の娘との恋の物語がある。その冒頭第一節。「イチィン　ミブシャ　バカリ」は囃子。（波）

琉球に産まれし子ゆゑかくのごと
亡国の曲あまたうたひぬ

比嘉三良

明治四十三年三月八日『沖縄毎日新聞』に発表された「この頃の歌」の中の一首。亡国の曲とは、沖縄の三味線歌のこと。琉球民謡や古典曲が、亡国の歌として、とらえられるようになったのは、風俗改良とりわけ毛遊びの取り締まり等と関係していよう。明治末期は、亡国論ばやりであったが、比嘉にはまた「父母の遺伝を受けて『亡国』の文字さえみても涙おとしぬ」と歌った悲痛な一首もある。（仲）

たのむ夜《ゆ》やふけておとづれもないらぬ
一人《ふぃちゅい》山《やま》の端《は》の月《つぃち》に向《ん》かて

よしや

『琉歌全集』所収。待つ人の来ないわびしさを、山の端の月に向けている女人の悲しい歌。式子内親王の「君待つと閨《ねや》へも入らぬまきの戸にいたくな更けそ山の端の月」（新古今集）とともに、移ろいながら更けていく夕暮れに身も心も沈めている。この女人たちは、やるせない思いで恋人を待ち焦がれたのであろう。「山の端の月」にわびしい心を仮託する修辞は和歌世界の慣用で、よしやと和歌とのかかわりが読みとれる。（外）

銅鑼《どら》打て亡国の民踊りけり

孤舟

明治四十四年二月四日『沖縄毎日新聞』掲載、獏夢道人「古手帳」所収。「俳句に詠まれた琉球」の中の一句。注に、「碧梧桐烟波の外は琉球にまだ足を入れたことの無い人の想像だけで出来た句が大部分で他は県外に於ける琉球を見て作ったのらしい」とある。「首里城や酒家の巷に雲の峰・碧梧桐」「棕櫚林琉球人の日傘かな・烟波」は実景。孤舟の句は、図絵を見ての感慨であろうが、琉球から沖縄への推移を亡国と見たのもいるのである。(仲)

太陽《てだ》が穴《あな》の　雲《こも》く瀬《せ》の
真下《ました》から　真中《まなか》から
こゝろ　生めしやうろ　すぐれ　生めしやうろ

久米島のオタカベ

『久米仲里旧記』（一七〇三年）所収。「大雨乞之時宇根村ニて宇根のろ火之神前江たかへ言」の一節。「たかへ言」は神を崇《あが》め・崇《たか》べる祈願の言葉。呪禱文学の一領域をなす。「太陽が穴」は太陽が籠もり、そして姿をみせる穴で、東のこと。東の綾なる瀬の真下から、心すぐれたお方がお生まれになる、の意。その聖なる優れ者が火の神なのである。マオリ族にも太陽の洞窟の考えがある。（波）

紗綾のふくさの上に魔よけとふ
芭蕉の結び葉つゝましくのれる

尚　文子

昭和十一年二月一日『心の花』に発表された「南島の歌」の中の一首。紗綾はひし垣、いなづまなどの模様をあらわした絹織物。ふくさは絹・チリメンの方形の布で進物の上に掛けたり物を包んだりするもの。糸芭蕉の葉片を結び進物の上に乗せ魔除けにしたのを首里あたりではサンというが、それが、ふくさの上につつましく乗っていたというのである。ほのぼのとした温かみのある一首。（仲）

国《くに》の撫《な》でしのが
撫《な》でしのが　船遣《ふなや》れ
和々《なごなご》と
和《なご》やけて走りやせ

『おもろさうし』十三巻所収。船の航海が安全であってほしいと願う予祝オモロ。「和々と和やけて」という語に、ひたぶるに祈る神女の姿、神女の背景にある国の経済的願望が集約されて表現されている。しかも祈る神女はオナリ（女）で、船の船頭はエケリ（兄）であると続く対応関係も、古代社会の秩序を守る基本的な紐帯であり、航海の目的を達成するために海を「なごやけ」ようとしているようすが伝わってくる。（外）

中城根国《ぐすくねくに》
根国在《ねくにあ》つる　隼《はやぶさ》
徳《とく》　大みや
掛《か》けて引《ひ》き寄《よ》せれ

『おもろさうし』二巻所収。オモロ語の「かけて」は、心を掛けて守護し支配しての意。相手に心を通わせて相手の信頼を得る、という意味で、それなくして奄美や徳之島との友好はできないことが、心配りとして滲《にじ》み出ている。国王様は天下を「糸掛けてちよわれ」（糸を掛けるように心を通わせて世を支配し給え）と謡うオモロの濃やかな心配りと同意。ウタガキ（歌掛き）やカキユン（掛ける）のカキも同じ意味。（外）

まるまぶんさん　ゆなゆな見りば
風《かじ》ぬ根お知《し》ち　居ちゆる　白鷺《しるさや》

西表島の民謡・まるまぶんさん節

『八重山民謡誌』（一九六七年）所収。「まるまぶんさん」は西表島祖納の沖合に浮かぶ小島。「風の根」は風の吹き出す所。オモロにも「かずのね」「すさのね」とある。まるまぶんさんを夕な夕な眺めてみると、風の根を知っていて羽を休めている白鷺が見えるよ、の意。夕凪《なぎ》の入江に浮かぶまるまぶんさんの濃い緑色。そしてそれを背景としてあそぶ白鷺の姿。それはあたかも一枚の風景画であり、平和な村の象徴でもある。（波）

流《なが》れゆる水《みずぃ》に桜花《さくらばな》うけて
色《いる》きよらさあてどすくて見《ん》ちゃる

よしや

『琉歌全集』所収。清らかな流れに桜の花びらを浮かべてみて、はかないわが身を映しているよしやの心はわびしい。だからこそ「すくて見ちゃる」という句は、桜花をいとおしく掬《すく》うとともにわれとわが身も救いたくて「すくて」いるのである。同じよしやの歌「おどろくなあささ食はゆんでやあらぬ　肝かなしやあてど抱きや見ちゃる」の「抱きや見ちゃる」も、「抱かれる」のは蝉ではなく、よしや自身である。（外）

孕み帆の舟流るゝや風光る

紅梯梧

明治四十二年三月三日『沖縄毎日新聞』に掲載された「毎日俳壇」の中の一句。風光るは春の季語。春の陽光の中をそよそよと風が吹き渡り、万物が萌え出て輝いている様をいう。春の海は蕪村の句で知られるように終日のたりのたりとして穏やかにないでいるが、キラキラとまばゆいばかりに波間が光る。春の穏やかな海に浮かんでいる舟の帆が風をいっぱいに受けて滑るように進んでいるというのである。音調に秀でた句である。（仲）

及《うゆ》ばらぬとめば思《うむ》ひ増《ま》す鏡《かがみ》
影《かじ》やちやうもうつち拝《をうが》みぼしやの

よしや

『琉歌全集』所収。及ばぬ恋をする者の悲しさ、切なさが伝わってくる。平敷屋朝敏の『苔の下』にも「今は昔、何某の按司とかやきこへ給ふいまそかりけり。よしや君といふうかれめかれになんありける」と記され、仲里按司とよしやの悲恋の歌だといわれている。史実の考証はともかく、「思ひ増す鏡」は和歌世界の慣用句であり、よしやの和歌のたしなみが偲ばれる。（外）

から芋のうすき皮むく手のひらに
悲しき入日《いりひ》樺色《かばいろ》に這《は》ふ

浪笛生

明治四十五年三月七日『沖縄毎日新聞』に発表された「うらぎり」の中の一首。浪笛は、沖縄近代詩の出発を告げた詩人だが、短歌、琉歌、三十字詩もよくした。「からいも」はさつま芋の別称。「樺色」は赤みを帯びた黄色。「手のひら」の一語が哀感をさそう。「うらぎり」には「水くめば棕櫚の花ちる午後の四時藪蚊わくよに哀しみのわく」という歌もある。浪笛には哀音のにじみ出た歌が多い。（仲）

折《ぶ》り寄《ゆ》し波《なむ》や　あまいどぅ寄《ゆ》しイ
我《ば》んぶなりゃ　あまいどぅ迎《んか》い

宮古の民謡・なりやまアヤグ

『南島歌謡大成　宮古篇』所収。なりやまアヤグは宮古の代表的民謡。世界の男性への恋の教訓的内容がうたわれた後、この詩句が続く。あまいはオモロ語の「あまへ」と同義で、はしゃぎ、笑い喜んで。「ぶなりゃ」は「をなりは」で、ここは「妻は」の意。浜辺の波は渚と戯れ遊ぶように、白い波の花を咲かせて寄せる。家の妻は、満面に笑みをうかべて私を迎えてくれる。渚の波と家の妻の対偶表現。自然と共にあった人々の比喩の目の清々しさ。（波）

聞《きこ》得《ゑ》大君《ぎみ》ぎや祈《いの》り奉《たてまつ》れば
万《まん》万《まん》　あすらまんちよわれ

『おもろさうし』一巻所収。「あすらまんちよわれ」は、国王よ末永くとこしえにましませ、という意味。それは琉歌の「あすらまんちやうはれ拝ですでら」にも伝わり、佐賀県の民謡でも「なれなれ柿の木～千なれ万なれ　あすら万なれ」と謡われている。「あすらまん」をとこしえにという意味で使うようになったのは九州方言からの伝わりであろうが、「あすら」の語源は凡語の阿修羅（アスラ・遥かに遠い所）である。（外）

石の橋石のおくつき石の門
石の匠《たくみ》はここにきはまる

池崎　忠孝

昭和十七年三月一日『日本短歌』に掲載された「沖縄風物」の中の一首。おくつきは奥津城をあて、墓所。匠は大工、彫刻師。「沖縄の石造建築物は天下の珍や」と詞書きがあり、真玉橋、霊御殿、崇元寺を歌った歌もある。それぞれを橋、墓、門の建造物を代表するものとして見たのであろう。「小石原石原の国」と歌われた沖縄も、石の芸術の極まった所として脚光を浴びるようになったのである。（仲）

今帰仁《みやきぜん》に立《た》つ雲《くも》
金雲《こがねくも》立《た》ち居《よ》り
大君《ぎみ》に
追手《おゑちへ》乞《こ》うて走《は》りやせ

『おもろさうし』十三巻所収。「乞う」という語は、真南風乞う、水乞う、種乞う等々、かなりよく使われている。「乞う」は、単に所望して、求めてという意味ではなく、神に祈り、願うことで求めていることの実現を願うのである。ひたぶるに神に祈り、願う心が、「乞う」に満ち満ちていることをくまねばならない。人と神との緊張関係の中で生きている「乞う」は、「思う」を媒介にして「恋う」にもつながっていく。（外）

御《お》日《ひ》の内《うち》の御厄《やく》は
御日の内に返《かへ》しめしよわちへ
御月の内の御厄は
御月の内に返しめしよわちへ

首里三平等のオタカベ

『女官御双紙』（一七〇六～一三年頃）所収。首里三平等の「初御願之御たかへ」の一節。初御願は一年の初めに行われる、国王の長寿と百果報を祈る儀礼。カワルメのイベへ月、太陽、三つ星、七つ星と一緒になって国王を守って下さいと願う。その中で、日の厄はその日の内に、月の厄はその月の内に、そして「御年のうちの御厄は御年の内に」返して下さって、というのである。（波）

糸染《そ》むる手にしむ藍《あい》や春浅し

玉塵

明治四十二年三月三日『沖縄毎日新聞』に掲載された「カラス会運座」の中の一句。「カラス会」は、明治期の沖縄における新派俳句の代表的な結社の一つで麦門冬、紅梯梧、戒衣、三念等実力者が集まっていた。藍は「テカチ（シャリンバイ）、紅露（クールー）、タアラシ、ユーナ、福木などの樹液から採る天然の染料」の一つ。早春の柔らかい日差しに、藍を染める手をかざしている姿が、匂い立ってくる一句である。（仲）

西嶽《にしたけ》の桜《さくら》が咲《さ》く様《や》に
君《きみ》し撓《しな》てなよら
東嶽《ひがたけ》に群《むら》咲《さ》き遣《や》り咲《さ》く様《や》に
君《きみ》撓《しな》てなよら

『おもろさうし』十四巻所収。日本列島では間もなく桜前線が咲き渡っていく。沖縄の女流歌人ヨシヤが、流れゆる水に浮けた花が桜だったか、つつじだったか定かでないが、和歌のたしなみ深いヨシヤの心象風景に桜が咲いていたであろうことはいなめない。オモロを読むと、沖縄でも桜は咲いていたらしい。「大里のてだよ 桜色のてだよ（二〇巻）」とも謡い、陽に照り映える顔の美しさを桜色と表現している。（外）

言の葉のはなたちはなもかれはて、
つゆのみしげき庭のおもかな

尚順

明治四十一年三月四日『琉球新報』に掲載された一首。尚順は琉球最後の国王尚泰の四男。政財界で辣腕をふるった博学多才の人で、露泉と号し、書や随筆でも名を成した人である。匂い立った和歌や琉歌の数々を読んだ人はすでになく、それを悲しむかのごとく庭も一面露にぬれている、というもので、沖縄歌壇の巨匠として君臨した護得久朝置翁の死を悼んで作られた文人の一首である。（仲）

聞《きこ》ゑ君加那志《きみがなし》　添《おそ》て　掛《か》けて　凪《とど》やけれ
鳴響《とよ》む君加那志《きみがなし》

『おもろさうし』六巻所収。「掛けて」が守護し支配する意味に広がったことは前出した。「添て」もぴったり寄りついての意で、ここでは神の心を受け、一人心に寄り添って守護し、世を和やかに、穏やかにせよと祈る神女の心が読みとれる。政治は上から支配するものではない。人心に「添て」「掛けて」「凪やけ」るものであるという王国時代の政治理念が、神の心を受けた神女を通し、国王によって具現されていく。（外）

ずくや花《ばな》　赤《あか》るかいしゃ　咲きばし
ゆりぬ花　白《しる》さかいしゃや　咲きばし

小浜島の民謡・うろんつんぬジラマ

『南島歌謡大成　八重山篇』所収。うろんつんは、うりずんを表す小浜方言。ずくは、梯梧。一名アカヨーラともいう。朝早く目覚めて、東の方を見やると、梯梧の花は赤々と咲き、百合の花は白く爽やかに咲いている、と歌う。その後に、それを見て心嬉しく思うことだ、と続く。鮮やかな赤と白の対照。うりずんの季節を迎えた喜びを歌って清々しい。島の透き通った朝の風と、のどやかな島の人々のこころねの伝わるような一篇。（波）

聞《きこ》ゑ煽《あお》りやいや　だにす鳴《と》響《よ》みよわれ
百末《も、すへ》鳴《と》響《よ》む按司《あんじ》襲い

『おもろさうし』十二巻所収。アオリヤイ神女は、げにこそ鳴響み給え。「だにす」は副詞「だに」に意味を強める助詞「す」の付いた形。げにこその意になる。「だに」は「げに在れ」「だに在れ」などと対語として使われている。船出の歌「だんじゅ嘉例吉」の「だんじゅ」も、「だにす」の変化形である。古老たちが感嘆の意をこめて使うダンジユカという語も、源をたぐるとオモロ語の「だにす」につながっていく。（外）

生温《なまぬ》るき冬日を浴びて製糖場の
車まわせる馬あはれなり

西田紫郎

大正五年三月二十五日『琉球新報』に発表された一首。サーターヤー（砂糖屋）という所名や屋号が残っているように、かつては各所に小さな製糖場があって、一家で砂糖を作っていた。砂糖黍を差し込み汁を絞りだすための歯車を回すのに一日中馬は同じ所をぐるぐる回った。その馬がかわいそうだというのである。郷愁をさそう光景であるが、馬だけでなく、人にも辛い仕事であった。（仲）

黄金鞍《くがねうら》　銀鞍《なむざうら》　おそい
後鞍《くすうら》の型《かた》んな　月の型　照《て》らせ
前鞍《まいうら》の型んな　太陽《てだ》の型　照らせ

池間島の民謡・東川根盛加背

『南島歌謡大成　宮古篇』所収「宮古島の歌」より。「東川根盛加《アガイ゚カーニムイカ》背《グシィ》」は、ミャーパズという色男と人妻との色事を物語的に歌ったクイチャーアーグ。この一節はミャーパズが愛馬に跨がりクイチャーにでかけようとするところ。日月の絵型は日月の呪力を象徴する。日月の輝きを描いた鞍は、オモロ以来沖縄の神歌のよく歌う神聖な物の一つ。つまりこの句、神歌出自の詩句なのである。(波)

名に立ちゆるけふや月影もきよらさ
思童《おめわらべ》さそて眺めぼしやの

詠み人しらず

『琉歌全集』所収。美しい、きれいであるという美感を表す語としてオモロ、琉歌では「きよら」「きよらさ」が使われている。オモロでは接頭・接尾の敬称辞として「きよら」が多く使われるが、琉歌では「きよらさ」が増え、その美感は、清澄な月、華やかな花はいうに及ばず、豊かな稲の実りや人の世の繁栄をも讃えるようになるまで広がっている。日本古語の「きよし」「きよら」「きよげ」などと比較されよう。（外）

ありや、伊計よ離《はなれ》よ、
こりや、浜よ、平安座よ、
平安座娘等が蹴上くる
潮の花の美しさ！

世禮国男

大正十一年二月刊『阿旦のかげ』巻頭に掲げられた「故郷の島々」の中の一篇。琉歌「行けば伊計離もどて浜平安座遊び浮上がゆる津堅久高」「見れば恋しさや平安座女童の蹴上げゆる潮の花のきよらさ」を取り入れたもの。故郷の島々を誇る一つの方法として、オモロ・琉歌を彩る言葉を見事に活かした一篇であった。（仲）

恩納《おんな》やきしまよ　安富祖《あふそ》やきしまよ
百渡世《ももとよう》すちよわれ
朝凪《あさど》れがし居《よ》れば
夕凪《ようど》れがし居《よ》れば

『おもろさうし』十七巻所収。恩納、安富祖の領主ヤキシマはなんとすばらしい方であることよ。いついつまでもこの世を治めてましませ。朝凪ぎ夕凪ぎがして、海も世の中も穏やかで安らかなことよ。

万座毛を軸にした湾入と周辺の海岸は、波穏やかで白浜が続き景観に恵まれている。船漕ぎ、魚捕りもさかんだったらしく、オモロやウタからうかがえる。名嘉真に伝わる島見の行事も良き治世の象徴であろう。（外）

白ざ羽《ばに》　綾《あや》さ羽　萌《み》い変《かー》るか
石くじま　金くじま　生《う》い変《かー》るか
石杖《いしぐさに》　金杖《かにぐさに》　突《ち》き切《き》るか

大宜味村謝名城のウムイ

『南島歌謡大成　沖縄篇』所収「新だむとふ」の一節。新ダムトゥは新ノロの就任儀礼で、本歌は新ノロの長寿と弥栄を祈る神歌。ざ羽は、美しい羽の意か。琉歌、オモロにもみえる。「くじま」も未詳語。白く美しいざ羽の萌えかわるまで、石・金のくじまの生えかわるまで、金石でできた杖を突ききるまで、ノロ神はましませ、と畳み掛ける。三句いずれも時間の長遠なることの表現。（波）

聞《きこ》ゑ君《きみ》加《が》那《な》志《し》　だにす鳴《と》響《よ》みよわれ
下《げ》司《す》　真《ま》人　孵《すだ》し遣《や》りちよわれ

『おもろさうし』六巻所収。「孵しやり」は、孵して、生んで、生み育てて、という意味。「すで」はもともと孵化すること、蛇の脱皮、雛の孵化等々、形を変えた新しい生命の出現を意味している。人の死も、よみがえり再生することを信じ願望することでことばの意味を増幅させ、孵で者、孵で水という語を造語しているし、動詞としては「孵でて」「孵ちへ」という語を派生させ、再生願望のさまざまな心を託している。（外）

なべて世に里人の愚や山笑ふ

まの字

明治四十三年四月一日刊『ホトトギス』に掲載された一句。「山笑ふ」は、春の季語。出典は中国宋代のころの禅宗の画家郭熙の「春山淡治にして笑ふが如く」にあるという。「なべて」は、一般にの意。満山新緑に包まれて輝いていている様が、いよいよ里人のあくせくとした生活を照らしだしてしまうというのである。子規の「故郷やどちらを見ても山笑ふ」の句を踏んだとも思われるが、「山笑ふ」に苦みを含ませた句である。（仲）

今帰仁《みやきぜん》の聞《きこ》へてだ　天より下の王《わう》にせてだ
鳴響《とよ》む国聞《くにきこ》ゑてだ

『おもろさうし』十七巻所収。今帰仁のテダ様は、天下を支配する王様である。「てだ」の原意は太陽。政治的に優れた人物に冠される尊称でもある。小さな村の首長的人物から北山の王者今帰仁城主に至るまで幅広く「てだ」が使われている。さらに王国時代は国王に対する尊称として「按司襲いてだ」という語も生まれてくる。農耕社会における太陽信仰と政治的権力者の結びつく歴史的過程をオモロから読みとりたい。（外）

他人《ひと》の上てど　余所《よそ》の上てど　我《ば》や思たりそが
我《ば》んが上ど　やりゅたりよ　主《しゅう》がなす

池間島の民謡・島出でのアーグ

『南島歌謡大成　宮古篇』所収。島出でとは、故郷を出て行くこと。ここでは、首里王府の命令による池間島から城辺長間への移住（一七三一年）。島分けされるのは、他人のこと、よその身の上だと私は思っていたのですが、なんと我が身のことでしたよ、お役人様。突然の災難としか言いようのない出来事。後はただ、泣き、嘆き、出ていくしかない。王の声が天の声であった時代の悲劇。（波）

落紅と宗勇等の歌議論千篇一律飽きたりしかな

白羊会同人南葉

明治四十三年四月十八日付『沖縄毎日新聞』に発表された「冑帽（ヘルメット）」の中の一首。落紅は末吉安恭、宗勇は小橋川南村のペンネーム。明治四十三年二月二十七日から『沖毎』に連載の始まった宗勇の「警鐘—所謂新派歌人に与ふ」に対し、三月五日狂狼の「勢理客宗勇君に与ふ」が出るに及んで、球陽文壇も、やっと論争の時代を迎えたといえるが、南葉は、それを一蹴したのである。（仲）

春や花盛り深山鶯の
匂しのでほける声のしほらしや

詠み人しらず

『琉歌全集』所収。「きよらさ」が対象の美を視覚的にとらえるのに比べ、「しほらしや」は嗅覚、聴覚が中心で、匂や音に心が寄せられている。日本古語の「しほらし」は、愛らしい、可憐である、などの意で、近世以後の古典の中で、物や人に対して幅広く使われる形容詞である。オモロ語にはない「しほらしや」が琉歌に使われているのは文学的借用語かもしれない。現代語ではスーラーサンといっている。

（外）

松《まちぃ》ぬ下《しぃた》なんが待《ま》ちうんどー　愛《かぬしぇー》し人
やらぶぬ下なんが呼《やら》ぶんさ　愛《かぬしゃー》し人

トゥバラーマ・詠み人しらず

『南島歌謡大成　八重山篇』所収。なんがは、方向・場所を示す格助詞。〜で。やらぶは樹木の名でテリハボクのこと。俺は松の木の下で待っているよ。俺はヤラブの木の下でお前を呼ぶよ、思い人よ。語る言葉がそのまま歌になったような一節。だが、ここには、松の下で待つ、ヤラブの下でやらぶ（呼ぶ）という同音の繰り返しを楽しむ遊びがある。素朴な、言語芸術への指向の芽吹き。ウタは声に出して味わうもの。（波）

首里のてだと　天に照《て》るてだと
まぢゆにちよわれ
御愛《みかな》してだと

『おもろさうし』五巻所収。首里にましますと国王と、天に照る太陽神と一体になってましませ。このオモロはさらに、「てだ一郎子、てだ八郎子と、天に照るてだと　まぢゆにちよわれ」とも謡っていて、地上の最高権者国王と天上の最高神である太陽神との結びつきを強調している。国王を太陽神の末裔《まつえい》であるという形で結びつけて王権を強化しようとする思想は、『おもろさうし』だけでなく『古事記』にも貫流している。（外）

愛し子を女工にやりてよろこべる
その親見れば涙さそわる

松根星舟

大正十四年四月九日『沖縄朝日新聞』「朝日歌壇」に発表された「帰省の歌」の中の一首。大正末から昭和の初期にかけて、沖縄の県経済は疲弊し、いわゆる蘇鉄地獄を現出、そのため多くの若者たちが出稼ぎに出ていった。紡績女工として娘を送りだす親の喜びを複雑な思いでみつめた歌。出稼ぎが裕福への道と夢みられたばかりでなく、当然の如くに考えられていたことが涙をさそった。（仲）

生《う》まれ井戸《があ》の　百段《ももだん》がまを　越《こ》えがつなまい
汝《うヴァ》が事や　唯一人《たヴきゃ》が　ことや　忘《ばす》れらん　や
うい

宮古のトーガニ

『南島歌謡大成　宮古篇』所収「宮古島の歌」より。ウマレガーの百段の階段を上る苦しい時も、あなたのこと、私にとってただひとりの人であるあなたのことを忘れることはないのです。暗く、湿ったウリカー（降り井戸）を上り降りする水汲みの難儀。しかし、その苦しみの極みにあっても胸内深く思う人のことは忘れないという情の深さ。強さ。恋歌トーガニーの真骨頂を示した一首。（波）

女三そぢ哀れにこの世生くるかや
いかなる人の妻に我はなる

古見屋久子

大正十五年五月二十五日『沖縄朝日新聞』「朝日歌壇」に発表された「このごろの歌」の中の一首。三そぢは三十路、三十または三十歳。かやは感嘆・疑問・反語等の意をあらわす感動助詞。男も女も相手次第だとは言え、相手をみつけぬ先にすでに嘆きが始まる不幸な時代はあった。久子にはまた「妻となり母となりして子を産めば後には女になにがのこるや」という痛切な歌もある。（仲）

東方《あがるい》の明《あ》けもどろ立《た》てば　十《と》走《はし》り八《や》走《はし》り押《お》し
開《あ》けわちへ　見物《みもん》清《きよ》らや

『おもろさうし』十三巻所収。夜のとばり（走り戸）を押しあけたとたんに金線銀線がほとばしる日の出の美しさを賛えるオモロ。このオモロには、「明けもどろの花の咲い渡り　あれよ見れよ清らやよ（十三巻）」のオモロ同様、燦然と輝く太陽に魅了されているオモロ人たちが見えてくる。太陽が神格化され、王権と結びつくようになるオモロとは別の型で、十三巻の「船ゑと（航海オモロ）」に多くみられる。（外）

EGYPTのSPHINXより君の目のうちなる謎は解きがたきかな

山田裂琴

明治四十三年五月一日刊『スバル』に掲載された一首。エジプト、スフィンクス等外来語を片仮名表記でなくアルファベット表記にしているのは吉井勇等の影響であろう。明治末期にはやった形である。裂琴は、浪笛と共に沖縄近代詩の夜明けを告げた一人でヴァレリィ等の影響が強く感じられる詩を書いた。女の心の判り難さを嘆いた歌であるが、それを世界の謎とされるものに比したため理性の勝った歌になった。（仲）

良《ゆ》かてぃさみ　間《ま》切《ぎり》祝《ぬ》女《る》や／鐙《あぶん》引《ひ》ち遊《あし》ぶ／我《わ》んどぅにれー神《かみ》や　ざんぬ口《くち》取《とぅ》やい　暇《いとま》乞《ぐ》い

大宜味村謝名城のウムイ

『南島歌謡大成　沖縄篇』所収「ながりー御送りざく」。ウンガミ（海神祭）で海神をニライへ送る時の歌。ああ、いいな間切のノロは。馬に乗って遊ぶよ。我等ニレー神は鱬艮《ジュゴン》に乗ってお別れよ。神が人間を羨んでという発想の、珍しい一首。普通、神との別れを惜しむのは人間の側。神が尚も遊びたがっているというのは、祭りの首尾の良さの表現。鱬艮（人魚）が神の乗り物というのも面白い。（波）

今日《けお》の良《よ》かる日《ひ》に　今日《けお》のきやくろ日に
月は枕《まくら》しよわちへ　てだは腰当《こしあ》てしよわちへ

『おもろさうし』二十巻所収。月を枕に、太陽をうしろ盾にして村の守護神にしている地方オモロ。「勝連わてだ向て門開けて　肝高の月向て」（十六巻）のように、勝連城主が太陽と月に向って城門を開くというオモロを謡いあげたのも、自然神としての太陽と月を崇める古代信仰である。日本列島やポリネシア文化圏の島々でも、祖先神とは別に太陽と月が信仰の対象になっている。（外）

「尾類グンボ」「デンチャー」などはたまさかに甘やかすときに言ふ言葉にや

屋宜次良

明治四十三年五月二日『沖縄毎日新聞』に発表された「第二紅燈集」の中の一首。グンボは浮気者、デンチャーはやきもちやきのこと。妻が、遊女狂いをなじったら、夫が妻の嫉妬をたしなめた形の言葉。浮気者と言えば、悋気者とかえす。言葉が嵩じて暴力となり、家出ということにもなるが、それを一種の愛情表現としてとった。飄逸感あふれる一首。（仲）

前見《まい》りば　赤《あか》まりぬ　角《ちぃぬ》たれ
艫《とぅむ》見りば　思《うむ》いすぬ　股《むむ》たれ
中見りば　三日月ぬ　腹廻《ばだまあ》り

石垣島宮良の民謡・いしゃじょうにユンタ

『南島歌謡大成　八重山篇』所収。「いしゃじょうに」は、馬艦型の石垣船のことという。本歌は一口でいえば、航海安全を祈願する歌。それを、湊に浮かぶ石垣船の姿を讃えることから歌い起こす。石垣船の舳を見ると赤マリ牛の角の様、艫を見ると恋しい女の太股の様、中を見ると三日月の様に湾曲して、と。エロスの香りもそこはかとなく漂う、野の人々のたくまざる比喩の妙を味わいたい。（波）

春や野も山も百合の花盛り
行きすゆる袖のにほひのしほらしや

平敷屋朝敏

『琉歌全集』所収。春は野も山も百合の花盛りで、行き会う人の袖も花の匂で香しい。組踊「手水の縁」の主人公波平山戸が出てくる出羽の歌である。山戸は三月三日に瀬長山に遊び、「花や咲き美さ匂もしほらしや、こまに足よどで花ながめすらに」というせりふとこの歌を前触れに美しい乙女玉津と会い、愛の契りを結ぶ。うららかな春、白い百合、香しい匂を散りばめる作者の心くばりは、全編を優しく包んでいる。（外）

春の夜やねやの内までも梅の
手枕にうつる匂のしほらしや

詠み人しらず

『琉歌全集』所収。春の夜は寝室の中にも梅の香が漂い、手枕にまで匂の移るのがゆかしい。「手枕にうつる匂」は粋であり、秘めた艶事を雅な梅に託したのが心にくい。和歌によまれる梅には鶯がつきものだが、琉歌でも「深山うぐひすのせつやわすられぬ　うめの匂忍でほけるしほらしや」など、鶯、梅、匂、しほらしや、という語が並んで使われている。沖縄では馴染みの少ない語で、和歌の影響であろう。

（外）

春のあけあけに山の鶯の
庭の花しのぶ声のしほらしや

尚育王

『琉歌全集』所収。春の夜明け早々に山の鶯が寄ってきて、花を慕う声のかわいさよ。「あけあけ」という表現はおもしろい。「花」はもちろん梅。「東風吹かば匂おこせよ梅の花　主なしとて春な忘れそ」を始め和歌に咲く梅は多いが、琉歌でも「霞立つ山の梅の花盛り風にさそはれる匂のしほらしや」などと歌われている。ただし、いつの間にか梅、匂、しほらしやという語が慣用され、型にはまっていくのが惜しい。（外）

吹き回し回しおす風とつれて
軒に咲く蘭の匂のしほらしや

詠み人しらず

『琉歌全集』所収。そよ風と共に匂い立つ蘭がゆかしい。「吹き回し回し」は時々吹くの意で、やわらかな春風であろう。匂い立つ蘭は春咲きのナゴランか。琉歌によまれる蘭は「深山さく蘭の匂どよくましゆる　たとひみる人やをらぬあても」などのように、そのほとんどがひっそりと匂い立っている。だからこそゆかしいのであろう。洋蘭は花や彩りの美しさに眼が注がれがちだが、琉歌では匂に心が寄せられている。（外）

黄色なる
汝がテープのみ最後まで
切れざりしかなかなし我が妻

金城重和

昭和三年五月三十日『沖縄朝日新聞』に掲載された「哀別」の中の一首。かなしは身にしみていいとおしい、かわいい。またはかわいそうだ、気の毒だ。五色の無数のテープが投げられ、ドラが鳴り、別れの曲が流れると、船は静かに動きだす。妻と自分を繋いでいるテープが最後まで残ったというのであるが、出稼ぎに出ていく男の思い溢れた一首である。（仲）

春雨にぬれてつみ取たる若菜
御胴より外に誰に呉ゆが

佐久本喜章

『琉歌全集』所収。春雨にぬれながら摘み取った若菜は、あなたより外に誰にあげますか、あなただけですよ。柔らかな春雨と青々とした若菜の点景、そして、若菜をあげるのはあなただけですよ、と告げる若者の恋は純である。下句は直情にすぎて固い感じがしないでもないが、素朴な一途さをくみとりたい。春の若菜摘みは、「君がため春の野に出て若菜摘む　わが衣手に雪は降りつつ」とよんだ古今集の歌を思わせる。（外）

貴方《うら》とぅ　我《ばぬ》とぅぬ　通《かよー》だる　狭道《いばみちぇ》ま
今《なま》ば　なり　草《ふさー》まば　生《む》い覆《かば》し

詠み人しらず

『とぅばらーま歌集』（一九八六年）所収。古典的トゥバラーマの一首である。貴方と私とが逢瀬に通ったあの小道も、今は生い茂る草に覆われてしまっているよ。恋し求め合っていた時には、人目を恐れながらも足しげく通った野の小道。それが今は元の野となっているというのだ。「いばみちぇま」「くさま」の「ま」（愛小の接尾語）に、詠み手になお忘れられない恋の思いが滲み出ている。風に揺れる草の葉裏までが見えるようである。（波）

貴方《うヴぁ》とぅゆ　まん　離《ぱな》りゆば／愛《かな》しゃとぅ
離《ぱな》りうば／生爪《なまジみー》ぬ　肉《にく》とぅ　離《ぱな》りしゃくどぅ
思《うむ》う

宮古のトーガニ

『南島歌謡大成　宮古篇』所収。貴方と、愛しい貴方と離れているのは、まるで生爪を剥《は》がした時のように痛く辛いものです。「まん」は感動詞。ああ、本当に。「しゃく」は、〜程。寸時も離れては居られない恋のたかまり。それを生爪を剥がす時の、あの激烈な痛みを譬《たと》えとして表現したのである。琉歌「あ痛生爪や痛でどあかれゆる　痛まなあかれゆさ彼れと我ぬと」も、生爪を剥ぐ痛みと悲哀を譬えたもの。（波）

東方《あがるい》の大主《ぬし》　大主《ぬし》が御前《まへ》に　九年母木《くねぶげ》は植《お》へ
ておちへ　おれづむ待《ま》たな
いなちや花咲《はなさ》ちやる

『おもろさうし』十三巻所収。太陽よ、太陽の御前に九年母木を植えてウリズンを待つ祈りをしよう。祈りをしたら、早もう美しい花が咲いたことだ。不老長寿の薬である蜜柑を植え、ウリズンを乞う予祝オモロを神に献じたのであろう。旧三月をウリジン、ウリズンなどというが、古典には「おれづむ」と記されている。雨の潤いが大地に浸み渡る季節である。（外）

うら淋しかわたれ時の天井に
やもりなくなる琉球島は

漢那浪笛

明治四十三年五月二十九日『沖縄毎日新聞』に発表された「みはてぬ夢」の中の一首。「うら」は、古くは心の意。「かわたれ」は、まだうす暗い明け方の意。古くは夕暮れにもいった。「やもり」は守宮と表記、指の裏が吸盤のようになっていて、天井を這い回り、蚊等の小虫を食う。沖縄に旅して来た人たちは、皆このやもりの啼く声に驚いたが、僻陬の地に住む寂しさを歌った一首。(仲)

聞《きこ》ゑいろめきや　鳴響《とよ》むいろめきや
おれづむが立《た》てば　若夏《わかなつ》が立てば

『おもろさうし』二巻所収。中城をほめ讃えるオモロの一つ。名高く鳴響むイロメキ神女は霊力豊かな方である。大地が潤うウリズンが立ち若夏が立ったらお祈りをしよう。周辺のアヂたちが貢物を持って中城に寄り集うように。「おれづむ」の対語に「わかなつ」がある。若夏は旧四、五月で、農作物の実りに心のふくらむ思いのする季節である。「おれづむ」を送り、「若夏」を無事に迎えると、あとは豊年祭である。（外）

十日四日《とうかゆーか》ぬ　十五日《ずーゴにチ》ぬ　御月《うチき》だき
上《あ》がイかぎ　昇《ぬゆ》イかぎ　御願《うにが》い

宮古・狩俣の神歌

『南島歌謡大成　宮古篇』所収。「大城元のピャーシ」の末尾部の詩句。ピャーシは神歌の一ジャンルで、村を守り、豊穣をもたらす神々を讃え、はやし、村と村人の繁栄を招来するのを目的とする。今捧げた願いは、しずしずと、そしておごそかに上ってくる十四夜、十五夜の月の様に、美しいものである、と言う。神に全てを託さざるを得ない時代、神への願いは無上に美しいものでなくてはならなかったのである。常套的な詩句である。（波）

昔初《むかしはぢ》まりや
てだこ大主《ぬし》や
清《きよ》らや　照《て》りよわれ
せのみ初《はぢ》まりに

『おもろさうし』十巻所収。昔天地の初めに、太陽神は美しく照り輝いておられました。天地創世を伝える王朝神話の冒頭の句。このあと、太陽神が下界を見おろすと島々はできていないので、アマミキヨをお招きになって島造りを命ずることになる。ここで気づくのは、民間信仰にある祖先神アマミクが太陽神の従神として位置づけられ、島造りをさせられていることである。神話と歴史の虚実をオモロに学びたい。（外）

文身の女覗《のぞ》かん日《ひ》傘《がさ》かな

素月

明治四十四年四月二十三日『沖縄毎日新聞』に掲載された「沖縄風俗」の中の一句。文身は入墨、ハヂチ。入墨は手の飾りであると同時に既婚の印でもあり、結婚後随意に奇数年齢に当たる年の吉日を選んで入れられた。入墨の苦痛に耐えたように、婚家でも、あらゆる苦しみに耐えるよう諭されたという。明治になって廃止された。日傘を持つ手の入墨に心を引かれた一句であるが、異習の漂わすほのかな色気が写しとられている。（仲）

うつしゐにうつしてなりと家土産にして見まほしきとどろきの瀧《たき》

半酔生

明治三十五年五月七日『琉球新報』に発表された「国頭土産（旅行吟詠）」の中の一首。（轟の瀧を見て）の詞書きがある。うつしゐは、書き写した絵、写真。とどろきの瀧は、名護市数久田の山中にあって名所として知られる。天上から落ちて虹を作っている滝の美しさを写真にとって土産にしたいというのである。半酔は国頭郡、俗称山原地方の名所旧跡を行脚し、数多くの歌を作っている。（仲）

てだが末《すへ》按《あ》司《じ》襲《おそ》い　末《すへ》勝《まさ》る王《わう》にせ

おぼつせぢ　有《あ》らぎやめ　君《きみ》ぎやせぢ　有《あ》ら

ぎやめ

天ぎや下《した》　添《おそ》て　首《しょ》里《り》杜《もり》　栄《ふさ》よわ

『おもろさうし』十二巻所収。太陽の末裔《まつえい》である国王様は、オボツの霊力の有る限り、天下を支配し首里杜に栄え給え。『おもろさうし』は神のましますす天上の世界を「おぼつかぐら」と記している。「おぼつ」のオボは、民間信仰としてある聖域のアブ、イブ、ウブ、オーブ（奥武）などとかかわりをもつらしい。ただ、オボツの最高神は太陽神であり、太陽神は王と王権に深くかかわっていることに注目したい。（外）

英祖《ゑぞ》にや真末按司襲《ませあぢおそ》い　てだが末按司襲《すゑあぢおそ》い
にるやせぢ有《あ》らぎやめ　かなやせぢ有《あ》らぎやめ
首里杜栄《しょりもりふさ》い　真玉杜栄《まだまもりふさ》い

『おもろさうし』一巻所収。英祖様と太陽神の末裔の国王様は、ニルヤの霊力の有る限り、首里杜に栄え給え。天上世界のオボツに対して海の彼方の他界をニルヤという。王国が成立し、国王の王権強化のためにオボツセヂが活用される前は、ニルヤセヂが固有信仰として有力である。オモロや聞得大君の御新下り儀礼にそれが底深く投影されている。（外）

貴方《うら》とぅ我《ばん》とぅぬ　二中《ふたなか》からや／ふけーはる
風《かじぇー》まんざん　無《ねー》ぬでどぅ／我《ばな》あ思《うも》うだ

詠み人しらず

『とぅばらーま歌集』（一九八六年）所収。戦後のトゥバラーマの一首。「風ま」の「ま」は愛小の接尾語で沖縄のグヮー（小）と同じ。小さな風、そよ風の意となる。貴方と私の間からは、小風さえも通り抜けることが出来ない程だと思っていたのに……。男女の仲の深いことを「水ももらさぬ」というが、手にも取れず、目にも見えない風さえすりぬけることがないというトゥバラーマの表現は、思いの深さを語って妙であり、哀れである。（波）

音に聞きし許田の玉川きてみれば
昔をしのぶおもかげもなし

半酔生

明治三十五年五月七日『琉球新報』に発表された「国頭土産（旅行吟詠）」の中の一首。許田の玉川は、平敷屋朝敏の組踊「手水の縁」の舞台となった場所。「手水の縁」は、恋愛の勝利を歌った唯一の組踊として知られ、許田の玉川は、恋を夢みる者たちを引きつけてやまない場所であったと思われるが、当時すでに、女が手に汲《く》んで水をあげた場所も荒れ果ててしまっていたのであろう。（仲）

春ごとにつめて年や重ねても
いつもわが心花どやゆる

『琉歌全集』所収。春ごとにますます年は重ねても、わが心はいつも春のようで、年をとったような気がしない。「つめて」という語は、いよいよますますさし迫ってきて、という意味である。だとすれば、「花どやゆる」という結句には、若々しく花のようであるという表現とは逆に、わびしさ、淋しさがまつわりついてくる。ものみな芽ぶき、花が咲く春の命のようでありたい、と願う気持を歌に託したのであろう。（外）

野崎《ぬざキ》かい　行《い》きがチな／二《ふた》チ離《ばな》りう
見《み》上《あ》ぎりばどぅよ／貴《う》方《ヴぁ》とぅ　我《ばん》とぅが
まうきゃどぅり　坐《び》じ居《う》イにゃんゆ

宮古のトーガニ

『南島歌謡大成　宮古篇』所収。野崎村に行く途中にみえる、海中に浮かぶ二つ離れの岩瀬は、貴方と私とが向かい合って座っているようだよ。穏やかな海に仲良く浮かぶ二つの岩瀬に、恋人と自分を仮託して歌った一首。発想としては、各地に見える「夫婦岩」に通じる平凡なものだが、貴方と私とが〜、と素直に歌っているのが、かえって素朴な味わいを生み出している。「まうきゃどぅり」が効いている。（波）

雨続く馬天の沖に悄然《しょうぜん》と
大東船の冷たくも浮く

仙子

大正十五年五月二十二日『沖縄朝日新聞』「朝日歌壇」に発表された「雨の頃」の中の一首。馬天は、佐敷町津波古にある港湾。明治三十年代に大東諸島開発が行われてから昭和三十年代まで南北両大東島への定期船が出入りした。大東船は大東航路の船。製糖、燐鉱石採掘のため多くの人が、大東島に出稼ぎに出ていったが、その人たちを乗せる船が沖に停泊しているのを歌ったのである。(仲)

神と見し髑髏《どくろ》の上の蝶一つ

武骨

明治四十三年四月二十四日『琉球新報』に掲載された「星遊会」詠句の中の一句。古代琉球語の辞書『混効験集』に「はべる　蝶」とある。この句の蝶ははべると読んでいいであろうが、はべるは古く「あやはべるなりよわちへ、くせはべるなりよわちへ」と「姉妹の生御魂を歌ったオモロ」（伊波普猷）に見える。美しい蝶になって兄弟を見守るという形から、蝶が「神」「魂」に転化するのは一歩。凄愴《せいそう》の美が歌われた一句。（仲）

降《ふ》らん雨ぬ　すがん風《かじ》ぬ　すぐだーどぅ
薄《ゆしぎぃ》　叢《むらしぃ》　かねん叢《むらしぃ》ぬ　側《すば》なんが
腕《やらぃ》交叉し　股《むむ》交叉し　寝《に》ぼうるよ

八重山の民謡・あかんにユンタ

『南島歌謡大成　八重山篇』所収。この歌は、農村の男女の野合と、その目撃者に対する口止めの願いを歌ったもの。「降らぬ雨が、吹かぬ風が吹いたので、薄やハマゴーの葉を敷物にして、腕を交叉し、股をうちやって寝ているよ」というのが一節の意味。喜舎場永珣は一行目の詩句を「胸中は青春の恋の焔が燃えたぎって押さえきれずに」と訳した。漢語「雲雨」と不思議な一致をみせる一句である。（波）

忍ぶあとかくす春の花笠や
空すぎる雨のたよりなたさ

『琉歌全集』所収。忍び恋をするとき顔を隠す笠は、にわか雨をふせぐ便宜にもなったことよ。春に浮かされて忍び恋をし、雨に見舞われたのであろう。「忍ぶ」は、「忍ぶ夜の空や雨は降らねども　笠に顔かくす忍ぶ恋路」「かさに顔かくす忍ぶ夜やしらぬ　さやか照り渡る月のらめしや」などなど、「恋」の同義語として使われている。笠は西洋風の雨傘と違い、直接頭にかぶる。クバ笠、ムンジュル笠（麦わら）など。（外）

池涸《か》れて泥の匂ひや百日紅《さるすべり》

紅梯梧

明治四十一年九月十五日『文庫』に発表された一句。百日紅はミソハギ科の落葉中高木。中国の原産。猿もすべって登れないというのでこの名がある。猿なめり。旱魃で池の水も干上がって泥の匂いを発し、百日紅の可憐な花もその匂いにまみれているというのである。慈雨を祈願した一句と読める。紅梯梧は原田貞吉のペンネーム。河東碧梧桐の影響を受け、麦門冬、煙波等と共にカラス会を結成。球陽俳壇に新風を吹き込んだ。（仲）

花染《はなずみ》の袖もぬぎかへて今日《きゆ》や
別れゆる春の名残《なぐ》り立ちゆさ

比嘉賀慶

『琉歌全集』所収。今日は、春に着る花染の着物を脱いで衣更えをしたが、春の名残りが惜しまれてならない。行く春を惜しむ歌。「花染の袖」は花模様のある着物の袖のことで、「春の花染の袖や振合ちゆて　すだすだとなたる夏の衣」のように、春に着る花柄の華やいだ着物を連想させる慣用句である。この歌の主意は衣更えにあるのではなく、去り行く春に思いが託されている。忍び恋をした春との惜別なのだろうか。（外）

消え残る若き血潮ぞ寂しやな
胸とどろかす梯梧《でいご》咲く頃

當間黙牛

大正十四年四月十一日『沖縄朝日新聞』「朝日歌壇」に発表された「梯梧咲く頃」の中の一首。やなは連語。感動の意を表す語でダナア、ヨナア。梯梧はインド原産の落葉高木、四、五月の新緑に先立って小枝の先端から長さ二十〜三十センチの総状花序を放射状に伸ばし樹冠いっぱいに真っ赤な花を咲かせる。沖縄県の県花。真紅の花にまだ沸き立つ心が残っているのを痛んだ哀傷歌である。（仲）

春の花染《はなずみ》の袖やふりかへて
すだすだと着ちやる夏のころも

『琉歌全集』所収。春の花染の着物を脱ぎかえて、軽やかに着た夏の衣のすがすがしさよ。衣更えの歌である。日本列島の衣更えは、古くから陰暦四月一日と十月一日であった。でも現代は新暦六月一日と十月一日に行われるようになってきている。沖縄でもほぼ同じしきたりだが、昭和初年頃は五月一日の衣更えそのものが、さわやかな風物詩であった。五月と波上祭と衣更え、鮮烈な青春が躍ったものである。

（外）

月崖《ばんた》　越《く》しみそしち／太陽崖《ていらばんた》　越《く》しみそしち
乗《ぬ》い板に　乗いみそしち／脇《わき》板に　脇板に
籠《く》みらいみそしち

沖縄の神歌（大宜味村謝名城）・ぬる葬儀

『南島歌謡大成　沖縄篇』所収。「祝女葬送のおもい」ともいう。南島の古歌謡は一般にクロ不浄は歌わないが、これは神女という神聖な存在の死にかかる特殊な例。神女の亡骸は乗り板・脇板（柩）に乗せられ、黄泉の国へと赴く。その道々、月崖、太陽崖と名付けられた幻想の崖を上り、かつ下ってこの世から別れていく。古事記の黄泉つひら坂は暗い。しかし、南島のそこは月や太陽の照る所なのである。（波）

七《なな》よみとはたいんかせかけておきゆて
里《さとう》があかいづ羽御衣《はにんす》よすらね

詠み人しらず

『琉歌全集』所収。上等の綛を掛け、恋人に蜻蛉の羽のように美しい着物を作ってあげたい。恋人に布を織ってあげる歌は南島歌謡に多いが、万葉歌にも「足玉も手珠もゆらに織る機を君が御衣に縫ひ堪へむかも」などがみられる。織布の労働はつらかったろうが、古典舞踊「綛掛」の乙女は清々しく美しい。思い入れの清々しさも踊りの心に和したものであろう。「はたいん」はハテン、「あかいづ」はアケズと読む。（外）

わくの糸かせにくり返《かい》し返《がい》し
かけて面《うむ》影《かじ》のまさて立ちゆさ

『琉歌全集』所収。わくに糸を巻きつけていると恋人の面影がちらつき、恋しい情が増すばかりである。「くり返し返し」は、わくとかせに掛けるだけでなく、面影に重ねている。思慕の深まりを「くり返し」に託した文学的修辞である。「綛掛踊」で右肩の打掛の衣装を脱ぎ、布を織る女人の姿は美しい。古典舞踊の中でももっとも美しいみせ場であろう。でも、女心をひたむきに表現する歌心はもっと美しい。（外）

かせかけて伽《とうじ》やならぬものさらめ
くり返《かい》し返《がい》し思《うみ》どまさる

『琉歌全集』所収。くり返し返しかせを掛けながら、思慕の情は増すばかりである。ここでも「くり返し返し」に恋する女人の無限の思いが託されている。かせかけのくり返しに、恋人の面影を重ねていく修辞は巧みである。「まさる」は語源的には勝れているの意の「勝る」であるがここでは「増し居る」の意。古典曲でマシュルと歌うのは明治以後の造語で、「増し居る」（マシオル）を意識していたからであろう。（外）

今《なま》ぬ稲《いに》や　軽《がる》か　軽か
来《や》年《に》ぬ　稲や　重《うぶ》く　重く

奄美瀬戸内町管鈍のタハブェ

『南島歌謡大成　奄美篇』所収。稲刈りの前に、稲魂様を家に迎えるウチケへまつりの時唱えられるタハブェ。タハブェは沖縄のウタカビ（御崇べ）と同根の呪詞で、本例はマジナイ言の形となっている。今年の稲の実入りは軽々としているが、来年の稲は重く重く実入りさせて下さい。今年の作柄を悪し様に言っているのではない。今年の作柄よりも来年のそれは素晴らしくあれというのが、農耕予祝歌の常套なのである。（波）

あわもりの味をしる子となりたれば
さびしくもなしさびしくもなし

太郎

明治四十二年六月二日『沖縄毎日新聞』に発表された「梟」の中の一首。明治末期は、あわもりの歌が輩出した時期であった。洋酒よりも泡盛をと歌った上間正雄、泡盛の匂いに亡びた恋を嘆いた山城正忠を始め、泡盛の毒で頭を壊してしまったと歌った比嘉三良等枚挙にいとまがない。太郎もその一人。泡盛の味を知ったことで淋しいなんてことがないという歌だが、否定の繰り返しが、逆に寂しさを生んだ一首。（仲）

女子《みどぅなふぁ》ゆ　見るんでぃ
肝ぬ子ゆ　取《とぅ》るんで
朝凪《あさどぅり》ぬ　夕凪《ゆうどぅり》ぬ　女子どぅ　待ちゅる

八重山民謡・仲筋ぬヌベーマ節

『八重山民謡誌』所収。水甕と苧のために、海を隔てた新城島の役人の許に遣られた娘・ヌベーマとその母を歌った竹富島の悲歌の一節。苧の入手は、人頭税として課された布生産のため、水甕は村番所用のものという。肝ぬ子は、最愛の子の意。村の為に娘を失った母。その母が島の高台に上り、最愛の子を見ようと、手に取ろうとしている。朝な夕な娘を待っている、というのである。（波）

もてなしもすらぬあたり花やすが
袖ふればうつる匂のしほらしや

詠み人しらず

『琉歌全集』所収。もてなしも十分しない畑の花であるが、袖が触れると匂い立つ香りのゆかしさよ。手入れのゆきとどいた庭の花ではないが、かすかに漂う香りに心がひかれてならない。ふと、袖を触れあわせた野の花の野趣に「しほらしや」という心を寄せることのできる粋人の歌である。

「あたり」は、辺りを語源にした屋敷内の畑のこと。今の方言ではアタイといっている。（外）

譬《たとう》りばん　物無《むぬね》ぬ
比《くら》びりばん　事無ぬ
肝絶いて　胸煙《んにきぶりぃ》　立ち通し

八重山民謡・いやりぃ節

『八重山民謡誌』所収。いやりぃは、言い遣りで、ことづて。この歌、冤罪を被り粟国・久米島に流刑された八重山士族の詠嘆歌という。遠い異郷の地で父母を慕い、流れる雲、吹き過ぎる風に胸中の思いを託す内容である。その苦衷は、譬えようにも譬える物がない、比べようにも比べる事が無い。心は乱れ、絶え入る程で、胸内には憂悶の思いが煙となって立ち籠めている、というもの。肝絶え、胸煙の両語が哀切である。（波）

柔らかきガジマルの香をなつかしみ
ハンモックつる琉球の真昼

狂郎

明治四十三年七月十五日『沖縄毎日新聞』に発表された「若草の甘き匂ひ」の中の一首。ヤックワを作って遊んだ幼年の記憶が、木の香と共によみがえる。もはやヤックワを作って遊ぶ年でもなくなったが、ガジマルの香と共によみがえる過去がなつかしく、ハンモックをつったというのであろう。正忠にも「はんもつくわたしして寝ればがじまるの赤らめる実の額にこぼれぬ」がある。（仲）

夕《ゆ》凪《どぅり》がまんな　いらゆ愛《かな》しゃ
板《いつぁ》屋《や》戸《どぅ》がまや　鳴《な》ジ高《だか》かりゃ
鳴らん　屋戸　筵《むしる》屋《や》戸《どぅ》　下《さ》ぎ待ちうり

宮古・伊良部トーガニ

『南島歌謡大成　宮古篇』所収。「ゆどぅり」は、夕方風が止まって小波も立たない状態。「いらゆ」は、感動詞で、ねえ。ああ。がまは沖縄のグヮ（小）にあたる。夕凪時は、ねえお前。板の雨戸は音が高いよ。音の鳴らない戸、筵戸を下げて俺を待っていてくれ。日も暮れて、一日の労働から解放された家人はやがて床につく。庭木の枝さえ揺れないそんな夜、恋する娘の許に忍ぶ男からの願い。（波）

八重瀬見下しの野山うち続き
空にたなびきゆるむらの霞

尚育王

『琉歌全集』所収。八重瀬岳から見下すと野や山がうち続き、空には霞がたなびいてのどかな景色である。八重瀬岳は沖縄本島南部で一番高い台地であり、眺望が美しい。国王も南部の巡視で八重瀬岳を訪れたのであろう。霞は細かい水滴の漂いであるが、日本語で春のを霞、秋のを霧といいわけるようになったのは平安朝以降のこと。ウチナーグチではチリ（霧）は使われるがカスミは文語としてウタ世界に生きている。（外）

君も聞け地震の音す恋の山
大凶事のきたらむとすか

比嘉迷舟

明治四十二年六月三日『沖縄毎日新聞』に掲載された「我が恋」の中の一首。二人の恋も無残に破れるのであろうかという歌。みちならぬ恋の歌か。山よりも高く海よりも深い愛という常套句があって「恋の山」という例えは平凡といえば平凡。しかしその「山」が、ヤマチッチョーン（大変なこと・大凶事）を導きだしてしまうものになっているのが非凡。方言を用いなくても沖縄らしい表現というのはありそうだ。（仲）

伊《ゑ》祖《ぞ》伊《ゑ》祖《ぞ》のいしぐすく
あまみきよがたくだるぐすく

『おもろさうし』十五巻所収。伊祖の立派なグスクは、アマミキヨ神の造られたグスクである。沖縄本島の中部浦添で政権を確立した豪族英祖の居城を讃えるオモロ。十三世紀における英祖の出現は沖縄史の曙である。アマミキョは沖縄の神話で創世神として登場してくる。海の彼方にある原郷アマミヤから島伝いに渡って来た祖先神で、伊祖グスクのほか越来・首里・知念杜グスクを造り、稲作とも深くかかわっている。（外）

あさ井泉《がー》ぬ　水まん　浴《あ》みりばまい
肝《キむ》すりイきゃ　浴みりばまい／貴方《うヴぁ》が　香《かぎ》や
愛《かな》しゃが　香や　脱《ん》ぎちゃ無《にゃ》ん

宮古・伊良部トーガニ

『南島歌謡大成　宮古篇』所収。「あさ井泉」は、村の親なる井戸。親井泉。親井泉の水で水浴びしても、冷たい水で心行くまで水浴びしても、お前の香り、愛しいお前の香りは私の肌えにしみついて、脱けることはないよ。アサカーの清冽な水。その中になお残る恋人の香り。清冽と官能の入り交じったこの歌には、後朝《きぬぎぬ》の別れの後の香りを抱く和歌や琉歌には無い素朴さと力強さがある。（波）

牛馬もまなこそむけてよく食まぬ
蘇鉄の飯をけふも食しつゝ

名嘉元浪村

昭和二年六月一日『日光』に発表された一首。牛馬でさえ目を背けて食べようとしない蘇鉄飯を今日も食べているというのである。沖縄では飢饉のことをガシという。ガシは餓死の転意だとされるが、飢饉が即餓死（飢え死に・ヤーサジニ）につながっていたことをそれは意味したと考えられる。蘇鉄の飯はガシ食とされた。継続を表す接続助詞「つゝ」の結句に「ガシに耐える」が隠されている。（仲）

春に匂添たる花の下蔭や
若夏になても忘れぐれしや

詠み人しらず

『琉歌全集』所収。春に匂いを添えている花の下蔭は、若夏になっても忘れ難いものだ。香る花の下蔭で交わしあった愛の睦言がどんなことだったか推し量るまでもあるまい。「花」は香り立つ花とともに、遊廓の意に使われることが多い。花の木蔭（遊女の部屋）、花の島（遊廓の区域内）、花の遊び（遊女相手の遊び）等である。この「花の下蔭」にも、きぬぎぬの別れを惜しんだ花の下蔭が秘められているらしい。（外）

月《ついきぃ》とぅ　太陽《てぃだ》とぅや　ゆぬ道《みちぃ》　通《とぅー》りょーる
貴方《うら》とぅ　我《ばん》とぅん　一道《ぴぃとぅみちぃ》　ありおーら

とぅばらーま・詠み人しらず

『とぅばらーま歌集』所収。戦後のトゥバラーマの一首。「ゆぬ」は、同じという意を表す。沖縄のヰヌと同語。「ありおーら」は、直訳すると、~でありましょう。月と太陽とは天空の上の同じ道を通ります。貴方と私も、その月と太陽のように一つ道を歩みましょう。変わらぬ愛の誓いと願いを、月と太陽という、万物の頂上に君臨する天体の不変を比喩に借りて表現した一首。自然と人事の取り合わせが妙である。(波)

若夏やなとりできややうおしつれて
玉水の流れ汲みやり遊ば

『琉歌全集』所収。若夏になったし、さあみんなで連れ立って、清らかな水を汲んで遊ぼう。旧暦の二、三月頃、降雨の潤いが大地に浸み渡っていく季節が「うりずん」で、「うりずん」に重なるようにして「わかなつ」の季節、四、五月がやってくる。夏陽の鮮烈を迎えようとするその直前の頃が「若夏」である。ウチナーグチでは、「初夏」という語にいい換えることのできないみずみずしい語感であり、季節語である。（外）

若夏がなれば蝉の羽衣に
ぬぎかへて心すだくなゆさ

『琉歌全集』所収。若夏になると蝉の羽衣のような衣に着替えて、心まで涼しくなるようだ。衣替えの歌。袷などの冬衣を脱いで薄い芭蕉衣に着替えると、身も心も軽やかになる。透き通るように美しい蝉の羽衣に、軽やかなバサージン（芭蕉衣）を重ねて涼を求めようとする心が伝わってくる。「若夏」という語は、オモロだけでなく琉歌、組踊にも好んで使われたが、島々に伝わるウタの世界では今でも活きている。（外）

わが家の血筋を誇る母の声
いといたましく耳に残れり

摩文仁蕉花

明治四十四年六月一日『創作』に発表された一首。血筋は親、子、孫等の血のつながり。血統。沖縄の階級は貴族、士族、平民に区別され、貴族、士族は家譜をもっていて、系図座という役所に登録されることになっていたが、平民には家譜（系図）がないので無系といわれたという。首里王府の崩壊とともに階級もなくなったが、その家譜を誇りにして生きている母の痛ましさを歌った一首。（仲）

鵜《う》ぬ鳥《とぅり》ぬ　喉《ねぃぶ》に　橋　架けてぃ
浅されぃば　出じれぃ
深《ふか》されぃば　落《う》てぃれぃ

奄美・にぎグチ

『南島歌謡大成　奄美篇』所収。「にぎ」は、とげ、魚の小骨など。にぎグチは、喉にかかった魚の骨を取り除く為のマジナイのことば。「鵜ぬ鳥」は、喉に落とし込んだ魚を吐き出すあの鵜。「橋架けてぃ」は、鵜の喉と人の喉とを互いに感応せしめてということだろう。鵜の鳥の喉にあやかって、喉に引っ掛かった魚の小骨は、浅い所ならば出てこい。喉の深い所に掛かっているのなら、落ちていけ。（波）

いたましき首里の廃都をかなしみぬ
古石垣とから芋の花

摩文仁朝信

明治四十四年六月一日刊『スバル』に掲載された一首。「いれずみと迷信」として同年七月二十日『沖縄毎日新聞』に転載。朝信は、新詩社に属したが『明星』を向こうに回して創刊された『スバル』で最も活躍した。沖縄を歌い、母を歌った歌を多く残し、二十歳の若さで夭逝した。から芋はさつまいもの別称。生まれ育った首里の都の荒れ果てたさまを歌った哀情の濃くあらわれた一首である。（仲）

打網《うちゃん》だき　広《ぴぃる》ぎ置《う》きぃ　子等《ふら》まが
かにゃしゅだき　配《くば》み置《う》きぃ　百枝《むむゆだ》

宮古の神歌・大世鎮めのピャーシ

『日本民謡大観　宮古編』所収。狩俣の夏祭りの「皿ピャーシ」（神酒栄やし）の儀礼歌。村を守護する神々の名を列挙し、望むべき世の有り様を歌い祈るその一節。投網のように末広に広げ置いてある子供たち、投網の錘のようにうまく配り置いてある子孫、がその意。「百枝」は祖・親を根や幹とし、子孫をその枝葉とする考え方の表現。子孫繁盛を願った一句。「大世鎮め」は豊穣と村人の幸福を招く為の祈りである。（波）

あまみきよが御差《うざ》ししよ
此《こ》の大島《しま》降《お》れたれ
十《と》百《もゝ》末《すゑ》おぎやか思《も》いすちよわれ

『おもろさうし』五巻所収。アマミキョ神の御命令でこの聖なる島に降りたのだ。千年も末長く尚真王は国を治めてましませ。「おぎやか思い」は第二尚氏三代目の国王尚真。海の彼方から渡来したアマミキョは天から降りてくる神ともなり、国と島々と王の守護神になっていく。このオモロは末尾で稲作の豊穣を予祝し、アマミキョ、王、国、稲作の深い結びつきを示唆してくれる。（外）

麦刈られ土くろ〱とあらはれし
大野にそゝぐ六月の雨

奥島洋雲

明治四十五年七月一日刊『文章世界』歌壇、窪田空穂選〈地〉に選ばれた一首。大野は山すそなどの大きな野、または広野。六月の雨が、麦の刈り取られた後の畑に降っているというのである。窪田は選評で「平明な作であるが、其中に淡いながらにある味わいが動いて居る」と指摘していたが、平明な中で動いているのは、豊穣の讃歌というだけでなく、自然に対する敬虔の念が秘められていることを指していよう。（仲）

朝茶《あさちゃー》　おいしょーる　親《うや》ぬ　指《うび》んがー
育《すだ》てぃぬ文《あや》ぬどぅ　残《ぬく》り　見《み》らりょーる

とぅばらーま・詠み人しらず

『とぅばらーま歌集』所収。戦後のトゥバラーマの一首。「おいしょーる」は、召し上がる。「文《あや》」は文様。ここでは手に刻まれた皺をいう。朝一番のお茶をお上がりになっている親の指には、私をそだてた愛の証である皺が残って見られることです。親とともにゆっくりと朝のお茶を飲む。その中で、親の手の皺に刻まれた人生と情愛をみた詠み人は、幸せというべきであろう。現代の都市生活者が失った朝の風景の一コマである。（波）

やはらかに石敢當のむくつけき
鬼のおもてをぬらすさみだれ

山城正忠

明治四十三年六月一日刊『スバル』に掲載された「石榴花」の中の一首。石敢當は、中国起源の除災招福の石柱。虎面、鬼面、八掛等を刻み、T字路の突き当たりに立てた。むくつけは、醜くて恐ろしい、または気味が悪いこと。さみだれは、五月雨と書き、陰暦五月頃に降り続く雨、つゆ、梅雨。悪神をさえ退散させる恐ろしい鬼の面を、五月の雨が濡らし、和やかなものに見えたととる。浄福感を歌った一首。

（仲）

宜《ぎ》野《の》湾《わん》のてだのよほし嶺《みね》ちよわちへ
大田《た》かち見《み》居《よ》れば　白種《しろちゃね》の寄《よ》り靡《なび》く
清《きよ》らや　根《ね》の島《しま》のてだの

『おもろさうし』十五巻所収。宜野湾の領主がよほし嶺に来給いて、大田を眺めると、稲穂の寄り靡くのがなんと美しいことよ。「根の島」は宜野湾の豊かさを讃える敬称。北谷から宜野湾、浦添にかけては低い丘陵と平野が広がり、北谷ターブックヮを中心にした古くからの稲作地帯であった。それを伺わせるオモロである。稲作の豊穣を祭りの場で幻視しながら予祝したのであろう。（外）

君恋し相思樹わたるゆふぐれの
あるかなきかの風にむかへば

岸本かげろふ

大正六年七月十二日『琉球新報』に発表された一首。相思樹はマメ科の常緑喬木でアカシア属の一種。高さ六から九メートル。花は黄色で球状に集まって咲く。相思樹のその字音や表記には特別な思いを誘うものがある。相思樹をかすかに揺らしている夕暮れ時の風に当たっているとふっと君が偲ばれるというのである。思春期の人を恋ううらがなしさが、そこはかとなく歌われた一首である。（仲）

箱《はこー》なーば　抱ぎ　妬《にた》さ　がまらさぬ
可惜《あったら》　黄金子《くがねーま》　此《く》ぬ様《よう》に　成りねーぬ

トゥバラーマ・詠み人しらず

『とぅばらーま歌集』所収。戦後のトゥバラーマの一首。「はこーなー」の「な」は沖縄方言のグヮ（小）で、「はこーな」は小箱の意。ここでは、遺骨を納めた木箱。「くがねーま」は、黄金よりも大切にしてきた我が子。白木の箱を胸にしての思いの、恨めしさよ。悲しさよ。ああ、かけがえのない愛し子は、この様になりはててしまって……。戦争と戦争を生み出した者たちへの怨みと憤り。この悲しみが沖縄を、世界を覆っていた日々。（波）

水欲《ぷ》さし　泣きとうし
日ぬ　百日《むむか》行くんけ
芋葛《かざ》ん　枯りどぅす

小浜島の雨乞いの歌

『南島歌謡大成　八重山篇』所収。「水欲さ」は、水を欲しがること。「泣きとうし」の「とうし」は、動作・状態の継続を表す。私達人間は雨欲しさにずっと泣き続けです。百日になる間日照り続きです。芋のかずらも枯れています。雨を下さい。仰ぎ見る青空。そこには、今日も無慈悲に照りつける太陽があるだけ。畑にも田にも大きなひび割れが走っている。餓死（飢饉）の予感。頼れるのはただ神のみ。自然の前で人間は小さい。（波）

雨ぬ主《ぬし》や　誰《たる》やらん
龍王薩陀に　告ぎ給《たま》ひ
雨《あみ》給《たぼ》り　龍王がなし

八重山の雨乞いの歌

『南島歌謡大成　八重山篇』所収。龍王薩陀は雨・水を司る水神。雨の主は誰であろう、龍王様です。龍王様にお告げして下さい。雨を下さい、龍王様。龍が雨を司るという考えは中国、日本からの影響であろうが、それは南島の果てまで浸透している。「雨給れ　龍がなしうまんちゅ　揃て　願やびら」（雨を下さい龍王様。我等皆揃ってお願い致します。今帰仁村古宇利島）。思わず天を仰いで歌いたくなる今年の夏である。（波）

芭蕉布の女日傘に艶めける

罵天

明治四十三年八月十三日『沖縄毎日新聞』掲載「毎日俳壇」の中の一句。艶めくは、みずみずしい様子や、上品で美しい様子、優雅で、やさしくふっくらと見えることを言うが、男の心をさそうように、色っぽい様子をさしても言う。芭蕉着をつけた女のみずみずしさが、日傘で一層匂いたち、男の心をときめかすというのである。芭蕉着が、清純な色合いを放ち、日傘が陰影を濃くする。着物と持ち物で人物を描いた艶冶な句。（仲）

平良《たいら》勝《まさ》り子《きよ》があかはんた上《のぼ》て
太田原《おほたばる》見遣《みや》れば　白種《しらちやね》の寄《よ》り靡《なび》く清《きよ》らや
鳴響《とよ》む勝《まさ》り子《きよ》が

『おもろさうし』十六巻所収。平良の勝れたお方があかはんた（高所）に上って、太田原を見やると、稲穂の寄り靡くのがなんと美しいことよ。権力者による国見のオモロとして知られている。高所に上って、領地の稲田を遠望することで稲の豊穣を予祝している。稲穂の実りを「白種の寄り靡く」と形容するのは、座間味島のウムイをはじめ民間の神歌にも伝わっている慣用句である。（外）

思《おも》ひまたふきや　米《よね》思《も》いは　げらへて
神座《かぐら》　在《あ》つる雲《くも》子《こ》口《ごちへ》　みをやせ

『おもろさうし』五巻所収。思ひまたふき（人名）はお米を作って、神座にある聖なるクチ（呪言）を奉れ。このオモロには、「天からわ降り添て」「地からは湧き上る」ように「米思いはげらへて」という句が続く。民間の神歌クェーナにも伝わっているもので、天から降りそそぐように、地からは湧きあがるように実って欲しいという願望を予祝的に表現したものである。「雲子口」は聖なることばをつらねた呪言。（外）

沸きたぎる溶炉の中に棲むごとき
島の酷暑は今さかりなり

尚翠庵

昭和十二年十月五日刊『星雲』に発表された「蘇鉄」の中の一首。島は今、溶鉱炉の中に入ってしまったような暑さの真っ盛りであるというのである。燦々と照り輝く太陽の下の道のまばゆさ、砂浜の白さ、海の青さ。万物の陰影の濃さが浮きたって沖縄の夏の日中は、全てが沸点にたっし、溶鉱炉に変じる。尚翠庵は『星雲』で活躍した歌人。沖縄の風物を歌った歌を数多く発表した。（仲）

桑の身の黒く熟せりこの村の
子等はたかりて桑の実を食む

宮平まさき

大正十四年十月一日『沖縄朝日新聞』「朝日歌壇」に発表された「桑の実」の中の一首。桑は蚕の飼料として栽培された。五、六月頃葉腋に淡黄色の小花をつけ、間もなく実をつける。その実はノイチゴに似て黒紫色に熟すると甘味があり、子供たちに喜ばれた。高野素十に「黒く又赤し桑の実なつかし」の一句があるが、子供の頃素十にも、桑の実を食べた記憶があったのであろう。（仲）

具志川《ぐしかわ》の杜《もり》に
稲米《いなよね》 寄《よ》り満《み》ちへれ
金福《かなふく》の杜《もり》に

『おもろさうし』二十一巻所収。具志川の杜に稲を寄り満たしてください。「稲米寄り満ちへれ」という句に島人たちの切実な豊作願望がこめられている。オモロでは短い表現だが、ウムイやクェーナの稲作はまずアマミク神が登場して島を造る。次に田を作り稲種を蒔いてだいじに育て、四、五月の穂の実りを六月に刈り込む、という長い内容になっている。豊作を願う神歌は、それこそ命がけで捧げたのであろう。(外)

早魃割《ピシば》り田《たー》ぬ　雨《あみ》待《ま》ち居《う》イ　米《まイ》ぬ如《にゃ》んよ
貴方《うヴァ》　待《ま》ちどぅ
親《うや》　待《ま》ちどぅ　居《う》たんまなよ

宮古の民謡・与並武岳金兄がま

『南島歌謡大成　宮古篇』所収。日照り続きでひび割れた田で、ひたすらに雨を待っている稲。この私もその様に、貴方を、親なる貴方を待っていたのです。本歌は宮古で広く親しまれた民謡（アーグ）で、ユナンダキのカニという美男に焦がれる女性の歌。男の訪れをひたすら待つ女性の真情の吐露。（波）

坡瑠つぼの闘魚はうれし
時折りは浮かびて小さき玉を吐き居り

與奈峯生

昭和二年十月六日『沖縄朝日新聞』に掲載された「病床雑感」の中の一首。坡瑠は水晶、ガラス。闘魚はスズキ目トウギョ類の魚の総称。いずれも体長五から十センチ。アジアの温帯から熱帯にかけて棲息。雄同士で激しく争う習性があることからこの名前がある。ガラスの壺に田圃あたりで掴んできたのを入れたのであろう。つれづれなるままに眺め明かしている目が、光った一首。（仲）

雪《よき》げらへ　京《けお》の内《うち》の綾《あや》踊《よ》り
いぐまちへ　もちろちへ　遊《あす》びよわ

『おもろさうし』十五巻所収。真っ白いみごとな米だよ、京の内の美しい踊りを、賑々しく華やかにして神遊びをし給え。豊かにとれて欲しいと願う願望を、真っ白な米を幻視することで招き寄せようとする祭りなのであろう。神女たちが予祝のための綾なる舞いを舞っているようすが眼に映る。「雪」は米の白さを雪にたとえた米の美称。同じ十五巻に「雪げらへ　雪の珍らしや　世果報真果報みおやせ」と謡うオモロがある。(外)

御《み》指《うび》金《がに》とぅんみゃばどぅ　五《いチ》チ金《がに》ちゅんみゃ
い／貴方《つヴァ》が　手《てぃー》ん　成《な》てぃ／恋人《すまりゃ》が　手ん
成てぃ　シさがり　廻《まー》りゅイゅ

宮古池間島・トーガニアーグ

『南島歌謡大成　宮古篇』所収。御指金は指輪のことで、沖縄方言でイービガニー。五つ金はその対語。指輪のように、五つ金のように、愛しい貴方の手となって、いつも貴方と一緒にいたいのです。指輪のように愛しい貴方の手となってというのは、正確な表現ではないが、意は十分に通じる。恋しい人の一部となっていつも一緒にいたいと思う気持ち。それを素朴なままに表現した一首。（波）

石垣の古きかこいに「カラヤ節」
うたふ少女を吾はしたひぬ

水音

明治四十三年十月十七日『沖縄毎日新聞』に掲載された「恋のわな」の中の一首。カラヤ節は、琉球古典楽曲の一つで、朝鮮人陶工優遇のため夫婦の中をさかれた女の悲恋物語が背景にあるとされる。頂きに登って夫のいる村を見つめる女のひたすらな思いを歌った歌を口ずさんでいる少女が慕わしいと言うのである。佐藤惣之助もこの歌に触発されて「瓦屋ふし」一篇を作っている。（仲）

玉城《たまぐすく》おわる島《しま》の主《ぬし》てだよ　百島《ももしま》の報廻《ふうまわ》りし

よわちへ　国根《くにね》おわる　今日《けお》の良《よ》かる日《ひ》に

『おもろさうし』十七巻所収。国の根である玉城にましますす島の主、てだ様よ。今日の良き日をお選びになり、村廻りをし給いて、農民をお勵ましになるそのさまの立派なことよ。沖縄本島南部の玉城辺を支配する権力者を讃美するオモロ。「てだ」の原意は太陽であるが、小さな集落の長老のような人物から、北山の王者、今帰仁の豪族に至るまで、広く「てだ」（領主）と呼ばれている。（外）

夜《ゆる》歩《ある》く道や　さく坂《ひら》ぬ　おこさ
見《むぃ》守《まぶ》りに　たぼれぃ　坂ぬ　大神《おおかみ》

奄美・竜郷町赤尾木のタブェ

『南島歌謡大成　奄美篇』所収。夜道を歩く時のマジナイのことば。タブェは沖縄のタカビ（崇べ）と同語。さく坂は、急な坂道。ひらは坂で、「よもつひらさか」と古事記にもある。おこさは、沖縄方言のウカーシャン（あぶなっかしい）と同語だろう。夜歩く道は、坂道がこわい。見守って下さい、坂の大神様。万葉の「足柄の御坂かしこみ曇夜の　吾が下延へを言出つるかも」（三三七一）も坂の神をうたったもの。（波）

つつましき鼓の音に手を揃へ
里の老女ら輪を描き舞ふ

西幸夫

昭和十四年五月十五日『大阪球陽新聞』に掲載された「石川行」の中の一首。『心の花』六月一日号にも見られる。ウシデーク（臼太鼓）を見ての感慨を歌ったものかと思う。ウシデークは、旧暦八月豊年祈願と感謝の奉納舞踊として、婦人たちだけによって円陣を作って踊られた。年長の神人たちが先頭になって鼓を打ち音頭をとる、ゆるやかで厳粛な踊りに、心を打たれた一首である。（仲）

玻名城《はなぐすく》おわる　御愛《みかな》しのてだの
苦世《にがよう》甘世《あまよ》なすてだ　人の浦《うら》の苦世《にぎやよ》
我《わ》が浦《うら》の甘世《あまよ》　苦世《にぎやよ》甘世《あまよ》なすてだ

『おもろさうし』十九巻所収。玻名城にましますてだ様がなんと立派なことよ。苦世でも甘世にしてくださるし、よその村が苦世であるときも、わが村は甘世にしてくださるてだ様だ。民衆が玻名城（具志頭村）の領主を讃えるオモロ。玻名城のてだは、知念、佐敷の領主と並んで栄えた豪族で善政を施いたらしい。ハナグスクのハナは突き出た所で、海岸際に築かれた多多名城のこと。（外）

天久仁屋《あめくにや》がおもろ　げらへ綾鼓《あやつづみ》　打《う》ちちへ鳴《な》り揚《あ》がらせ　天久子《あめくし》ぎや宣《せ》るむ

『おもろさうし』十五巻所収。天久仁屋、天久子がオモロを申しあげます。みごとな美しい鼓を打ち、高々と鳴り響く音を鳴り揚がらせて寿ぎをいたしましょう。「仁屋」「子」は接尾敬称辞。人、方、某くらいの意で、その地方の重要な人（男）である。無位の者にいう仁屋、子は、後世の称。古代における鼓は聖なる物で神を招く為に打つ。後世、村の告げ触れにも使うようになる。（外）

龍眼は草にこぼれて久場の葉の
微かにふるふ古城の真昼

濤韻

明治四十二年三月十日『沖縄毎日新聞』に掲載された「影」の中の一首。龍眼はムクロジュ科の常緑高木、夏、白または淡緑の小花を開き、果肉は食用、薬用となる。久葉はクバのあて字。ビロウ。ヤシ科の常緑高木。おいしい龍眼の実を採る人もなくただそよ風だけが昔と変わりなくクバの葉を揺らしているという、静まり返った夏の古城の真昼時を歌ったもの。濤韻は島袋全発のペンネーム。(仲)

島《シま》ぬ根《に》ぬ　朽《く》ちゅるきとんまい／青潮《おゝす》が海潮《いんす》
ぬ　地肌《ジぱだ》とぅ成《な》らまい／愛《かな》しゃが白手《しるてぃ》ぬ　か
いだき　心や　変《かわ》イちゃにゃん

宮古トーガニ

『南島歌謡大成　宮古篇』所収。「青潮・海潮」は大海原の波。ここでは大海の意。島の根が朽ちようとも、あの青々とした大海原の潮が干上がり地となろうとも、愛しいお前の真っ白い手の様に、俺の心はいつ迄も変わりはしないよ。島の根が朽ち、青海原が大地となることはない。しかし、例えその様な事があっても、というのである。永遠の愛を恋人の白い手の美しさに譬えたのが清々しい。（波）

亜熱帯のまばゆき陽光夏にして
荷を曳く牛の吐息あえぐも

前田三郎

昭和十六年八月一日『多磨』に発表された一首。あえぐは息をきらす。荷を引く牛も、沖縄の夏の暑さにいささかへたばっているというのである。牛は田踏みや、鋤を引く農作業を始め、砂糖車を回し、荷車を引くといった労働に欠かせないものであった。その耐久力と力強さが、何よりも好まれたわけであるが、その牛さえも息を切らすほど、沖縄の夏の暑さは過酷であると歌った一首。（仲）

天久《あめく》舞《ま》ひやり思《よも》い　こねりなよる愛《かな》しけさ
意地気《いぢへき》舞《ま》ひやり思《よも》い

『おもろさうし』十五巻所収。天久舞ひやり思い、勝れた舞ひやり思いが、こねりをし、なよりをして踊るさまのなんと美しく立派なことよ。「こねり」と「なよる」は対語。手の振りの「こねり」に対して「なよる」は身振りのつく踊りである。古代国語の「なよらか」（源氏物語）に通ずる。「こねりなよる」とは、舞い踊るという意味になる。天久の聖なる場で、美しい神女が寿ぎの為の舞いを舞ったのであろう。

（外）

久米の　仲城　月の数《かず》　夏　成ち
あまいよる　城《ぐすく》　いけ　誇《ほこ》ら

久米島のウムイ

『南島歌謡大成　沖縄篇』所収。ウムイは神女の歌う神歌。語源は思い。仲城は宇江城岳頂上にある宇江城城のこと。「あまいよる」は、歓び遊びなさる。「いけ」は、アキサミヨーのアキと通じる感動詞。久米島の仲城は毎月を夏と成し、神を迎え、遊びなさる城である。やれ、祝福しよう。「いけ誇ら」はハヤシ。夏は、収穫の夏、豊穣感謝の祭りのある夏である。つまりこの一首、仲城の豊かさを讃えた土地讃めの歌なのである。（波）

越来世《ごゑく》の主《ぬし》の　真太求思《またちよも》い成《な》しよわちへ
此《こ》れど果報《かほう》てだ　越来《ごゑく》の有《あ》らぎやめちよわれ

『おもろさうし』二巻所収。越来世の主が真太求思い（尚泰久王）を生み給いて、これぞ果報なてだである。越来のある限り栄えてましませ。「世の主」「てだ」は地方の領主をいい、統一国家ができてからは国王も「世の主」と称した。『おもろさうし』には、越来、北谷、上江洲、金武、米須、真壁、石原、保栄茂、玻名城の「世の主」がみえる。（外）

肺労の不眠の夜半や蚯蚓《みみず》鳴く

嵐香

明治四十二年十一月十三日『沖縄毎日新聞』掲載「毎日俳壇」に見られる一句。肺労は、肺結核の俗称。肺結核は、当時不治の病と言われたが蚯蚓を煎じて呑めば治るとされた。蚯蚓は解熱剤になり喘息に効くともいわれ、マオリ人種は好んで食べたと言われる。蚯蚓が鳴くのは「猛夏蚓始出、欲雨則先出、欲晴則夜鳴」と『本朝食鑑』に見える。死の不安にとらわれ眠れない夜、闇の中に鳴く蚯蚓の音に耳をすませた悲愴な一句。（仲）

音に出づる蚊は居らねども
麻蚊帳の色なつかしみ釣りて
寝にけり

島袋俊一

大正十五年七月一日『覇王樹』に掲載された一首。蚊帳は蚊を防ぐために吊るもので、普通萌黄色に染め赤い縁布をつけた。九州や沖縄では葬式やお産のとき蚊帳の中に入る風習があったという。蚊の季節ではないが、麻蚊帳の色がなつかしく吊って寝たというのである。中村草田男に「蚊帳へくる故郷の町の薄あかり」というのがあるが、蚊帳には心をさそういいしれぬものがあった。（仲）

あちやからのあさて里《さとう》が番上《ばんぬぶ》り
たんちや越《く》す雨《あめ》の降《ふ》らなやすが

恩納なべ

『琉歌全集』所収。あさってになるとわが夫が番上りのため首里に行くことになる。いっそ谷茶村を満たし越すほどの大雨が降ってほしい。そうなれば行けなくなってしまうものを……。夫を愛する女の激情がほとばしるようである。万葉の女流歌人狭野茅上娘子の「君が行く道の長路を繰り畳ね　焼き亡ぼさむ天の火もがも」の歌とよく比較される歌。でも盲目的ともいえるなべ女のこのような愛表現は琉歌では稀である。（外）

あねべたやよかてしのぐしち遊《あすぃ》で
わすた世《ゆ》になればおとめされて

恩納なべ

『琉歌全集』所収。姉さんたちはシヌグ遊びをしてよかったであろうに、私たちの時代になるとそれが禁止され、残念である。シヌグは稲の豊穣予祝につながる神祭り（旧七月）であり、そこから開放されての村の男女の楽しい集いの場にもなる。だが、儒教道徳に縛られた王府からみると、風俗を乱すものと考えられたのであろう。封建制度のしめつけに対する奔放な歌人恩納なべのいきどおりがうかがわれる歌。（外）

窯出しの器の熱さに何事か
思ひつゝありしをふとも忘れぬ

友島俊治

昭和十四年七月一日『多磨』に発表された一首。「も」は詠歎・感動を表し、または強く言い、語調を整えるのに使う。何か思いついたことがあったのだが、窯から出したばかりの器の熱さに、それが何だったのかすっかり忘れてしまったというのである。窯から生まれてくるものへの不安も期待も、実物に触れて吹っ飛んでしまった、その一瞬の恍惚感が触覚で写し取られた一首である。(仲)

うやき角皿《つぬざら》よ　囃《ぴや》しばどぅ　世《ゆ》や直《なお》り
ウヤキ世《ゆ》直《なお》レガ　ユイトーレガ
ヒー　ヤッカ　ヤッカ

多良間島・ゆなおーれが

『南島歌謡大成　宮古篇』所収。本歌は多良間島の豊年祭・スィツィウプナカを代表する歌謡。祭りの間中「ヤッカヤッカ」の明るく大きな歌声が島中にこだまの様に響き渡る。「うやき」は、沖縄のウェーキ（富貴）と同語。「ウヤキ世直レガ〜ヤッカヤッカ」は囃子。豊かなる角皿を囃してこそ豊穣はいや増すのだ。豊穣の神酒を、さあ囃し立てよ。ヤッカ、ヤッカ。南島の力強い勧酒歌。（波）

北谷《きたたん》の世の主《ぬし》　おさは剣差《つるぎさ》しよわちへ
差《さ》し遣《や》り　栄《ふさ》いよわちへ

『おもろさうし』十五巻所収。北谷の世の主は立派なお方である。脇差を差し給いて、差して栄え給うた立派なお方である。尚家には北谷菜刀という刀が現存し、刀身の長さ七寸六分、中心の幅二寸七分、形はさしみ包丁に類す。これが「おさは剣」らしい。「てだ」「世の主」は地方の領主をいう語として各地で併用されているが、いずれも農耕と政治社会が成立し、その中心になった人を讃美する語として使われている。（外）

一《ひと》夜見《み》だか　十《と》日《か》二《ぱ》十《つ》日《か》見《み》いん丈《だけ》
二《ふた》夜見だか　通《かよ》うたる道《むつ》がみ
忘《ばつし》りしゃくやうい

宮古島・トウガニ

『南島歌謡大成　宮古篇』所収。一夜見なければ、十日も二十日も会っていない程。二夜も見なければ、通った道さえも忘れてしまう程よ。道をも忘れるとはオーバー、と言うことなかれ。これはある意味では普遍的な感じ方で、一首の意味が分かり易いのもそのせいだろう。八重山のトゥバラーマも、一夜見ないと一月も会わず、一日見ないと百日も会っていないと思われるよ、と歌っている。（波）

慈ひおもふ人の骨ならば
洗ひつつ心そゝろ愛しかるべし

山口由幾子

昭和十七年七月一日『短歌人』に掲載された一首。洗骨の風習を歌ったもの。土葬した死者の遺骨を数年後に取り出し洗い清める改葬儀礼が洗骨《シンクチ》。チュラクナシュン（きよめる）、カルクナシュン（軽くする）ともいう。洗骨は普通七夕に行われた。遺骨を清めるのは肉親の婦女子の役で、男は見守るだけ。蛮習ともされるが、死者を大切にする心に深く共感し歌われた一首。（仲）

伊《い》江《へ》の按《あ》司《ぢ》が船《ふな》遣《や》れ　押《お》笠《しかさ》に知《し》られて　吾守《あんまぶ》て　此渡《と》渡《わた》しよわれ

『おもろさうし』十三巻所収。伊江島の按司の航海である。押笠神女に守られて、つつがなくこの海原を渡し給え。伊江島の按司は政治、経済的な有力者である。宮古、平安座、本部は造船、航海術に勝れた地方であるが、伊江島も本部地域の一環とみてよいであろう。しかし、どんな大船を造っても神女の加護を受けているところに、古代沖縄人の敬虔な信仰心と、一方ではより真剣な経済願望を窺うことができる。

（外）

磯《いしゅ》ぬ魚《いずおー》まや　焼かばどぅ　芳《かば》さーるぃ
愛《かぬ》しぃ乙女《みやらび》や　抱がばどぅ　愛《かな》さーるぃ

八重山・トゥバラーマ

『とぅばらーま歌集』所収。戦後のトゥバラーマの一首。磯の魚は焼き魚にすると香ばしく匂い良い物だが、愛しい乙女は手に取り、抱き締めてこそ愛しさがますというものだ、が一首の意。磯の魚を焼いた香ばしさは、島人の等しく知る所。また、愛しい乙女をいつも抱き締めていたいという思いもこれまた男の変わらぬ思い。本来重なりそうにもない二つのものを重ねたのだが、思わずうなずかれてしまう一首である。（波）

山原《やんばる》の習《なれ》いや差枕《さしまくら》ないらぬ
こなへてすけめしやうれ松《まつぃ》の木《き》くひ

恩納なべ

『琉歌全集』所収。山国といわれるヤンバルの風習では差枕はありません。こらえて松の切り株を枕にしてください。「差枕」は男女が寝るときの二つの枕。首里でみられるような粋な枕はないが、松の切り株で真心をつくしましょうと歌う。きわどいのだが、万葉時代の「かがひ」にみられるおおらかさとひなぶりがそのまま活きている。荒っぽいようにみせながら、旅人をもてなす優しい心づかいである。（外）

わが父が錆びし鏡にうちむかひ
ちょん髷《まげ》結てあるも悲しや

島袋三郎

大正三年七月十四日『琉球新報』に掲載された一首。沖縄では貴族は十五歳、一般は十歳内外で髪を結った。その髪型をカタカシラと呼ぶ。一種のちょん髷である。明治になって廃止されたにも関わらずまだカタカシラにこだわる父を寂しいものとしてみたが「かくまでも古き慕ふ大いなる強き心をわれにもたしめ」とも歌っているように、一方では、その頑固さを大事なものと見た。(仲)

稔《なう》り世　実《みぎ》り世ぬ　御陰《みぶぎん》
角皿《つぬざら》　ゆしぬ皿　賜《たぼ》られ
中盛《なかむ》らし　端《はた》盛らし　賜られ

白保の豊年祭のアヨー

『南島歌謡大成　八重山篇』所収。稲の収穫をおえて行われる豊年祭は、島を挙げての一大行事。豊穣のシンボルたる神酒（ミシャグ）を神へ捧げるミシャグパーシ儀礼も行われる。本歌はその時の神酒を讃える歌。豊かなる稔り、満々たる実入りの御陰に、角皿《ツヌザラ》・四角皿《ユシヌ》の神酒を賜り、角皿の中にも端にも、高々と神酒を盛って賜って……。豊年を祝う明るさのただよう一句である。（波）

暑《あつい》さすだましゆる手《てぃ》になれし扇《おうじ》
誰《た》がすなづけたが風《かじ》のやどり

小禄按司朝恒

『琉歌全集』所収。暑さを和らげ涼しい思いをさせてくれる扇は、誰が扇と名付けたのだろうか、ほんとに風の宿のようだ。「手になれし扇」は、たなごころになじんだ扇の渋さを偲ばせてくれる。扇はもちろんクバオージ（蒲葵扇）。限りない涼しさをはらんでいるクバオージに「風のやどり」と名付けたのも風流である。王朝時代には絹や紙張りの扇も使われたが、暑さ凌ぎの風を呼ぶのはやはりクバオージであろう。（外）

行く末は男に頼むこの身かも
独りで居たし若くて居たし

神山美江子

大正三年七月一日刊『文章世界』に発表された一首。相手を自分で選ぶことができず、親のいうままに嫁がなければならない不自由な時代は、そう遠い過去のことではなかった。独りでいたい、家事の労苦で若さを失いたくないという切実な訴えが胸を打つ。神山には「化粧して嬉しくもあるにあさましく文のとどけり男は怖し」という、独りの楽しみを奪う男の独断を歌った歌もある。（仲）

茶筅《ちゃせん》さらさらと立《た》てる音聞《うとぅち》けば
涼《すず》しさや夏《なつぃ》の暑《あつぃ》さ忘《わすぃ》て

宜野湾王子朝祥

『琉歌全集』所収。茶筅をかき廻して茶を立てる音を聞くと、涼しい感じがして夏の暑さも忘れてしまう。お茶をたしなむ人たちには夏の日の消夏法なのだろうか。和服を着て端然と坐し、さらさらと茶筅を立てているさまは、はためにみても優雅で美しい。茶筅のあの音は、侘び、寂びをともなって心に滲みていく。沖縄での茶道は、千利休の流れをくむ泉州堺の僧喜安によってもたらされた（十七世紀）といわれている。（外）

うすら〱那覇の灯かげのうつろひて
雨の夕の心淋しき

田計紅女

明治三十五年七月十一日『琉球新報』に発表された「半点紅」の中の一首。うつろふは移る、変色する、花の色があせるなどの意。那覇の町の灯が、雨に滲む夕べはなんとなしに淋しいというのである。旧派の和歌が、新聞歌壇を牛耳っていた時代、「新詩壇」を起こして頑張ったのが柳月、金鳳女子そして計紅女等である。沖縄の歌壇にもやっと「心淋しき」というような題詠を離れた感慨を歌う歌が現れ始めていた。（仲）

女《をぅなぐ》身《み》ぬ哀《あわ》れ　御《ぐ》状《じょ》ぬ書《か》かれぃゆむぃ
五《いつ》つ指《いぶぃ》型《がた》どぅ　我《わ》が形見《かたみ》

奄美・思《おむえ》ぬ本《ほん》ナガレ

『南島歌謡大成　奄美篇』所収。「思《おむえ》ぬ本《ほん》」は、男女の情愛をしたためた書状のこと。つまりこのナガレは相聞の歌を連ねたものである。文字を知らない女身の哀しさは、御状を認める事も出来ません。この五本の指の形を落とした手形こそが私の形見です。かつて、文字の書けない親たちは、自分の安否を知らせるために、手形を押した手紙を子供の許へ遣ったという。それが恋の世界の物でもあった事を知らせる一首。（波）

はて知《し》らぬ山《やま》の岩先《いわさち》の百合《ゆい》や
めぐる若夏《わかなつぃ》に眺《なが》めぼしやの

尚灝王《しょうこうおう》

『琉歌全集』所収。どこまで続くか果て知らぬ山の岩先に咲いていている百合は、来年もめぐってくる若夏の頃にまた眺めたいものである。山の岩蔭に咲いていている白い百合は、ひっそりとして奥ゆかしい。

二十代の頃、軽井沢の高原で朝露に濡れたりんどうに心を奪われた想い出は鮮烈だが、沖縄の夏の野山を飾る白百合の清々しさは、甘酸っぱい青春の想い出をかさねて忘れ難い。初恋の人、白い帽子、白い百合。（外）

みどりさしそへる青柳《あをぅやじ》の糸《いとぅ》に
露《つぃゆ》の白玉《しらたま》や誰《た》がすぬきやが

詠み人しらず

『琉歌全集』所収。緑の芽が出ている青柳の枝に、露の白玉は誰が貫いたのであろうか。緑の新芽にやどる露の玉はさわやかで美しい。花を貫いて首飾りにする風習は世界各地でみられるが、沖縄でもヌチバナ（貫花）は古くからあったやさしい風俗である。青柳の枝に露の白玉を貫くというのは、貫花のイメージを映したものであろう。類歌「照る月にみがく露の白玉や　青柳の糸に誰がすぬきやが」がある。

（外）

真白《ましら》苧《を》よさるちはたえん布織《ぬぬう》らば
あかぬ色染《いるす》めれかなし里前《さとうめ》

『琉歌全集』所収。真っ白な芭蕉布をさらして、二十読みの上等の布を織ったら、いつまでも飽きない（さめない）色に染めてください、愛するお方よ。

真白苧の純白、布を織る乙女の清純さも映しながら、深く愛してくださいと迫る南の島の女人の恋。ひたむきさが惻々として伝わってくる。深く愛されたいと願う女の恋は「そめてそめゆらば淺地わないむぱだう　鳥若羽のごとに染めれ」とも。（外）

戦《いくさ》企《くぬ》めーるぃ奴《んざ》どぅ　我《ばな》あ　恨み
行くだ我《ば》ー子《ふぁー》や　今迄《なままでぃ》ん　戻らぬ

八重山・トゥバラーマ

『とぅばらーま歌集』所収。「くぬめーる」は、企んだ、仕組んだ。「んざ」は、奴。相手を罵って言う語。戦争を企み起こした奴こそ、私は恨むのだ。戦場へ行った我が子は、今になっても戻ってこない。戦争の裏側でそれを造り出し、操る人間が存在することをみぬいた作者の目の鋭さは、平易な表現の中でも光っている。小難しい思想や評論ではなく、トゥバラーマで語られた悲しみ。本歌は多くの庶民の思いの結晶でもある。（波）

安富祖なる少女の家の軒端より
見たる恩納のなりのよろしさ

中村繁

明治四十五年七月七日『沖縄毎日新聞』に掲載された「旅に得し数首」の中の一首。軒端は軒のはし、軒に近い所のこと。なりは成ったさま、形状、物のかたち、さまかたちのこと。安富祖からみた恩納岳の恰好が何ともすばらしい、というのである。歌がくっきりとした一幅の画となっている。恩納岳といえばすぐに思い浮かぶのは琉歌歌人恩納ナベ。山をも動かさんとした歌人の情熱はしかしここには跡形もない。（仲）

思《おも》い草臥《くたび》れぃてぃ　うちふさち居《をう》れぃば
母《あんま》　ふれぃむんや　ユタば頼《たん》でぃ

奄美・恋ぶれぃぬナガレ

『南島歌謡大成　奄美篇』所収。ナガレは奄美独特の歌謡ジャンル。古ナガレと、種々の事柄を琉歌体の歌詞を重ねて語る新ナガレがある。本歌は後者。「恋ぶれぇ」は恋患いの意。焦がれる恋の思いに気も滅入って、ふさいでいるのを知らないで、母は、なんとまあ、ユタを頼んで来て……。娘のうちふさいだ様子が心配で、ユタの家に走る母の姿と本当の事が言えないでいる娘。ほのぼのとした親子の生活が感じられる一首。(波)

おぎやか思《も》いがおこのみ　地《ぢ》離《はな》れは揃《そろ》へて
歓《あま》ゑの門《ぢやう》はげらへて　十百末《ともゝすへ》ぎやめも　おぎ
やか思《も》いしよ　末勝《すゑまさ》てちよわれ

『おもろさうし』五巻所収。尚真王の御計画、御構想で、離島を支配し、歓会門を造って、いよいよますます栄え給うことだ。千年になるまで行く末長く尚真王様こそ栄えてましませ。首里城を壮大にととのえた尚真王讃美のオモロである。歓会門は「あまゑおぢやう」と呼ばれていた。首里城は中山門、守礼門、歓会門、瑞泉門を経て王城に至る。（外）

灰雨にも正秋にもかくれ来し
旅の夕べは風面に吹く

山口三路

大正十三年七月二十一日『八重山新報』に掲載された一首。三路は山之口貘の初期のペンネーム。灰雨は国吉真哲、正秋は石川正秋。彼らに黙って八重山に来たが、風さえ自分を責めるかのように吹いてくるというのである。灰雨、正秋の他に上里春生、伊波文雄、桃原思石等が集まって「琉球歌人連盟」を結成、大正期の高揚期をなすが、三路はやがて上京。号を貘と変え独自の道を歩み始める。（仲）

独り居て物思ふ頃は庭先に
ユーナの花のこゝだ散りしく

平田夢

大正十四年八月十二日『沖縄朝日新聞』「朝日歌壇」に発表された「故里に帰りて」の中の一首。「こゝだ」はたくさん、はなはだしくの意。ユーナは、オオハマボウ。咲き始めは黄色だが、段々ピンク色を帯び、それが濃くなって散る。ユーナの葉は、トイレットペーパーとして用いられ一種の実用木として庭先に植えられた。その花に、心象を仮託しえたのは、新しい美感の登場と言えた。（仲）

濡《ぬ》りる方《かた》にや　母《はは》憩《ゆく》て／乾《かわ》く方にや
子《こ》寝《に》して／諸《もろ》共《とも》　濡《ぬ》り《り》ば　胸《んに》が上《うい》

竹富島・無蔵念仏

『南島歌謡大成　八重山篇』所収。念仏歌は、沖縄各地のエイサーやアンガマ等の盆行事に不可欠の歌。親孝行と、祖先を供養することの大切さを説くのが普通である。本歌も「親の御恩は深きもの」と歌い出し、親の有り難さを説く。曰く、雨漏りで濡れた所には母がやすみ、乾いた方に子を寝かす。そして、どこもかも濡れた時には、胸の上に抱いて寝かせ、育てて来たのだよ。折しも、盆〔連載時〕。在りし日を偲んで迎えたい。（波）

帽子編む軒低き家や仏桑花

楽山

明治四十三年八月十四日『沖縄毎日新聞』「毎日俳壇」の中の一首。仏桑花（華）はアオイ科の常緑灌木。中国南部の原産。ハイビスカス。ハワイの州花と言われるが、沖縄では、グソウバナ（後生花）とも呼ばれ、あまり好まれた花ではない。仏桑華の咲いている貧しい家で帽子を一心に編んでいる姿がみえるというのである。男女掛け合いになる民謡「帽子クマー」のしみじみとした歌が思い浮かんでくる一句である。（仲）

そめてそめゆらば浅地《あさじ》わないむぱだう
烏若羽《がらすぃわかばに》のごとに染《す》めれ

詠み人しらず

『琉歌全集』所収。染めてくださるならば浅染めはいやです。烏の若羽のように色濃く深々と染めてください。純白な布を織って「あかぬ色染めれ」と迫ったのも女人の恋だった。さらに「秋のもみじ葉の色よりも深く、しなさけの糸や染めてたばうれ」ともうたいあげている。女人のいちずな恋は、「片袖や浅地片袖や紺地　いちが諸染の紺地着ゆら」（西武門節）という民謡にまで浸透し、浅染めを拒んでいる。（外）

わが心尽《くくるつ》ち朝夕染《いく あさゆす》めなちやる
紺染《くんずみ》の糸《いとう》もさめて行《い》きゆさ

盛島親雲上

『琉歌全集』所収。わが心をつくして朝に夕に染めなした紺染の糸もいつしらずさめていくのは残念だ。恋歌でとりあげられる「紺染」は愛の深さを表わす比喩。その色がさめていくということはもちろん愛の終えんである。紺染めに染めなしたのは男、染められたのは女、とも読みとれるのだが、さて、さめていくのはどちらなのだろうか。どちらからともなくさめていく糸の色に気づいてはっとする恋もあるのだろう。（外）

一重《ぴとぅい》や濡《む》め　上着《わあい》や濡《む》めばまいヤウイ
貴方《うヴ》見《み》だな　愛《かな》しや　見だな
やすまれんヤウイ

宮古島・トウガニ

『南島歌謡大成　宮古篇』所収。一重の衣は濡れ、上着は濡れようともよ、貴方を、恋しい貴方を見ずには安んじられないよ。恋人を訪ねたものの内からの応答はない。男の肩を雨の雫が叩く。男の口から出た、貴方を見ずには安まらないの一句は、恋の不安も語っている。万葉の「あしひきの山の雫に妹待つと我立ち濡れぬ山の雫に」を思わせるが、万葉より心の動きは直截的である。（波）

か黒きをみにくきものと教へける
男はいかにこの瞳見む

比嘉明舟

明治四十三年八月十五日刊『文章世界』に発表された一首。か黒いは、くろぐろとしていること。かは接頭語。黒は様々な場面で負の符号として用いられているが、黒髪や黒い瞳といえば、若さや美しさを表し、愛された。色の黒さを醜いといっている男に一矢をむくいた歌。「礼知らず南蛮の子は帝ます都に入りぬ黒き額して」と、我身の色の黒さを歌って『明星』に登場したのは正忠である。（仲）

拝《をうが》でなつかしややまずせめてやすが
別《わか》て面影《うむかじ》の立《た》たばきやしゆが

詠み人しらず

『琉歌全集』所収。逢えなかった淋しさはお目にかかっていくらか慰められたが、お別れしてあとあなたの面影が立ったらどうしようか。逢えばあとの別れがつらくなるのに、くり返し逢ってはまた悲しい思いをかみしめる。それが恋というものであろう。「なつかしや」は悲しいの意。この「なつかしや」はお逢いする前の悲しさであり、逢って、そして別れてあとふたたび襲われるであろう淋しさにつながっていく。（外）

別《わか》れても互《たげ》にご縁《ゐん》あてからや
糸《いとう》に貫《ぬ》く花《はな》の散《ち》りて退《ぬ》きゆめ

平敷屋朝敏

『琉歌全集』所収。別れても互にご縁があるからには、糸に貫いた花が散り去ることがないように結びついていますよ。組踊「手水の縁」の主人公波平山戸が、恋人の真玉津と固い約束をして別れる時の歌。つらい別れであるほどいついつまでも深く結ばれて欲しいと願うのが恋の慣わしであろう。糸に貫く花すなわち貫花は、「白瀬走川に流れゆる桜　すくて思里にぬきやりはけら」などと、恋のえにしに使われている。（外）

うぼつや　金花《こがね》　菩薩花《ぼさつ》　咲かち
按司添《あじそゑ》に　みやすら／かぐらや　銀花《なみぢや》
菩薩花　咲かち　大君《ぎみ》に　みやすら

知念間切外間村のウムイ

『南島歌謡大成　沖縄篇』所収。ウボツ・カグラは天上の他界。菩薩花は稲の花のことだが、ここは麦や粟の花をも言うか。オボツでは、黄金の花、菩薩花を咲かせ国王様に捧げ、カグラでは銀の花、菩薩花を咲かせ大君様に捧げるのでしょう。天上にも菩薩花が咲き、それを国王と、国最高の神女に捧げると幻想するのである。金花・銀花・菩薩花が天上の他界のきらきらかさを描き出した。（波）

カチャーシー小の糸の切れたる瞬間の
淡き淋しさ薄暗き部屋

紫煙

昭和五年八月八日『沖縄朝日新聞』に掲載された「蜩のなく」の中の一首。カチャーシーは三味線の曲の一種、急テンポで乱調子のもの。小は接尾美称辞。糸は絃。早弾きの賑やかな曲にアッチャメーグヮー（急調子の即興踊り）でも始まりそうなとき急に絃が切れて座が鎮まってしまうと淋しいものだが、薄暗い部屋にはそういうものがあるというのである。歓楽の後の哀感の漂った一首。（仲）

夏《なチ》なぎやよー　藁《ばら》うさぎ／冬《ふゆ》なぎや
綱《チな》や帯《シくビ》よー／綱帯《チなシくビ》　しゅーとぅい
貴方《にしやや》が　家庭《きない》ゆ　持《む》てぃーみしでぃよー

池間島・トーガニアーグ

『南島歌謡大成　宮古篇』所収。「夏なぎ・冬なぎ」の「なぎ」は、～の間中の意。「シくビ」は、帯の古語で、オモロ語の「ききおび」と同語。「にしゃや」は、女性から恋人を言う語。夏の間は藁の鉢巻き、冬の間は縄帯を締めてもよ、貴方と二人、家庭を立派に持ってみせようと、よ。男との仲をとやかく言う声があるのだろうか。娘の胸内に男への思いが激しく燃え上がる。決意は強く、思いは深い。（波）

おぎやか思《も》いぎやをこのみ　大道《みち》はげらへて
若松《わかまつ》植《う》ゑ差《さ》ちゑ　神《かみ》てだの揃《そろ》て　誇《ほこ》りよわちゑ

『おもろさうし』五巻所収。尚真王の御計画で大道を造り、松を植えた。そのことを神々も揃ってお喜びになられたことだ。大道は首里城から那覇までの道。尚真王の時（十五世紀末〜十六世紀初）、道を造り松を植えた。世にいう大道《うふどう》松原である。「おぎやか思いがおこのみ　松並は植ゑ差ちゑ　十百末ぎやめも、上下の見物する清らや」とも謡って尚真王を讃えている。（外）

染々とさびしくなれりそのかみの
童貞の日にかへるすべなし

山城正忠

大正六年八月二十九日『琉球新報』に発表された一首。かみは昔、古の意。すべはすべき方法、てだて、手段。女を知らなかった昔を取り返したくてももはやそのてだてなぞないというのである。女を夢見た日々の純情を懐かしんだ歌だともいえるし、初恋の狂おしいばかりの熱情に今一度身を焦がしてみたいという思いを歌った歌ともとれる。淡い嘆きを奏でた小楽曲を思わせる一首である。（仲）

暇乞《いとぅまぐ》いとぅ思《む》てぃ　持《む》ちゃる　盃や
目涙《みなだ》　泡盛《あわむ》らち　飲《ぬ》みぬ　ならぬ

与那国しょんかねー

『南島歌謡大成　八重山篇』所収。与那国ションカネーは、トゥバラーマと共に八重山情歌《じょううた》の双璧。近世以降、日本・沖縄から入ったが、与那国の代表的な民謡となった。別離の悲哀、それも島に残される女の悲しみを歌って、嫋々としている。お別れと思い手にした盃は、目から零れる涙が泡と盛って、飲むことができません。盃、泡盛、飲みと縁語を連ね、その間に「目涙泡盛らし」と懸詞を挟んで技巧を凝らした一首。（波）

片帆《かたふ》持《む》たしば　片目《かたみ》ぬ涙《なだ》落《う》とぅし
諸帆《むるふ》持《む》たしば　諸目《むるみ》ぬ涙落とぅし

与那国しょんかねー

『南島歌謡大成　八重山篇』所収。与那国ションカネーの代表的一節。貴方の船が片帆を揚げると、私は片目の涙を落とし、諸帆を揚げると両眼の涙を落として。歌の形は単純に見える。しかし、片帆と片目、諸帆と諸目を対語としつつ、一方で、片と諸も対として、同音の反復と意味の対立をうまくないあわせている。片目の涙というものがあろう筈はないが、この語故に「諸目ぬ涙」は生き、悲しみの深さが表現された。（波）

聞《きこ》得《ゑ》大君《ぎみ》ぎや　神座《かぐら》吉日《ゑかと》取りよわちへ
あんじおそいす　十《と》百《もも》末《すへ》ちよわれ

『おもろさうし』一巻所収。聞得大君が吉日を選んで祈願をしたからには、国王様は千年も末長くこの国を治めてましませ。アヂはアンジとも呼ばれていることがわかる。アヂに対して「按司」という漢字を当てるようになってから、漢字の字面にひかれてアンジと読む読み方ができたのであろう。王家では王のことをアジーメー（按司前）とはいうが、アンジとかアンジメーとはいわない。アヂとアンジではアヂが古形。（外）

ひたぶるに母を思ひて
我が渡る津堅わたしの
波の穂高し

星舟

大正十三年八月九日『沖縄朝日新聞』「朝日歌壇」に発表された「母病む、津堅にて」の中の一首。ひたぶるはひたすら、いちず。津堅は沖縄本島中部、勝連半島の南東海上約四キロにある島。チキンジマ。わたしはふなわたし、わたしば、わたり、津。波の穂はなみがしら。切に母を思う歌であるが、意のままにならない離島の哀しみが共に伝わってくる（仲）

あゝ寂し田舎廻りの俳優等の道口上に秋の風吹く

国吉紫華

明治四十四年七月二十八日『沖縄毎日新聞』に掲載された「南より」の中の一首。口上は、芝居で舞台の上から襲名披露、出し物などを述べること。本来なら舞台の上からなされるべきものが、人通りの中で、それをやっているというのである。田舎廻りの落魄した役者の口上を聞く人はなく秋の風が吹いている光景は寂しい限りである。明治期は芝居の常打館が幾つもあって賑わったが、旅から旅へと流れたのも多かった。（仲）

自由《じゆ》ならぬ恋路《くいじ》浮世《うちゆ》小車《をぅぐるま》の
めぐて来《く》る間《うえだ》の待《ま》ちのくりしや

よしや

『琉歌全集』所収。自由にならない恋路である。浮世小車のめぐってくるまで待っているのが苦しい。恋人の訪れを悶々として待っているのであろう。訪れてくる恋人がなんと待ち遠しいことか、そしていらだつことか。しょせんままならぬ恋であり、切ない思慕を、「自由ならぬ」ということばに万感こめて託している。よしやのことだから、めぐる小車にも来し方行く末のさまざまな思いが託されているのであろう。（外）

百《もも》田《だ》白《しら》紙《かび》に　加《か》那《な》が型《かた》　描ち
うれぃば　懐《ふつころ》に　抱ちゅり欲《ぶ》しゃぬ

奄美・思《うむ》ぬ《え》本《ほん》ナガレ

『南島歌謡大成　奄美篇』所収。相聞の歌を綴ったナガレ歌の一節。「百田」は百田紙《ももたがみ》（和紙の一種。もと、福岡県八女市百田の産）のこと。加那は恋人・愛人。真っ白な百田紙に愛しい貴方の絵姿を描き、懐に入れ、何時も抱いていたい。胸のロケットに恋しい人の写真をしのばせた思い出を持つ人は多いだろう。ところで、絵姿で思い出すのは、昔話「絵姿女房」。沖縄の遊行芸人・京太郎の由来譚もその一つであった。美しい女房の絵姿は風に舞い、殿様の前に落ちて……。（波）

物の怪の落ちて眠りぬ蚊帳《かや》の人

麦門冬

明治四十一年九月一日刊『文庫』に発表された一句。怪はあやしいこと、不思議なこと。またはたたり。怪しい憑き物がとれて安らかに寝ているというのである。サーダカウマリ（霊力を強く感じる生まれ）の人は、ことあるごとに、凡庸な者には計り知れない挙動を示したりして周囲を悶々とさせるが、当人はそれ以上に困惑し、不眠に苦しめられるともいえる。錯乱後の鎮静による安らかな眠りにほっと胸をなでおろした一句。（仲）

おぞで取《とう》て投《な》げるとがもないぬ枕《まくら》
里《さとう》が面影《うむかじ》や夢《いみ》にしちゆて

よしや

『琉歌全集』所収。恋人の面影を夢にみて、さめてから夢であったかとくやしくなり、罪とがもない枕を投げてしまった。よしやの恋人は首里の貴族仲里按司であったと伝説されている。「及ばらぬとめば思ひ増す鏡」などと殊勝気に歌いながら、身もだえて枕を投げることもあった烈しい恋だったのであろう。罪とがもない枕を投げる俗謡に、「君が来ぬとて枕な投げそ　投げそ枕に咎《とが》もなや」などがある。（外）

島《しま》もなどなとこばもそよそよと
繋《つぃな》ぎある牛《うし》の鳴《な》きゆらとめば

よしや

『琉歌全集』所収。島中が深閑として蒲葵《くば》もそよ吹く風にゆれている。こういう時に繋いである牛が鳴くだろうと思うと、まったくのどかである。穏やかな島、柔らかな風、のびやかな牛の鳴き声、平和としあわせのはぐくまれる原風景といえるのであろう。

数奇な運命と憂き世の嵐にもまれたよしやの一生を思うと、彼女が願望し続けた安らぎがこの歌の中からくみとれるように思われる。

(外)

産《な》しゃる母《あぶ》ぬ　やといべる　真韮丈《まびらだき》によ

本《むとぅ》ん強《んぞ》さ　根《にき》ん強《んぞ》さ　真南風《はいかじ》によー

小浜島・くくる嶽アヨー

『南島歌謡大成　八重山篇』所収。種取り祭で歌われる、荘重な旋律の、順風を乞い願うアヨーの末尾部の詩句。私を生んだ母が植えてある、青々とした韮の様に、本も強く、根も強くある真南の風だよ、がその意。前段でも、母の苧麻の様に根の強い南風、と歌っている。風の根が変わらないことをいうのに、母の植えた韮や苧麻をもってきた所、生活よりも、呪性を感じさせる。与那国の「トゥグル嶽ディラバ」は類歌。（波）

屋宜《やぎ》から上《のぼ》る直垂《したたり》や鎧《よろい》　誰《たる》が着《き》ちへ似《に》せる
あぢおそいてだす　召《め》しよわちへ似《に》せれ

『おもろさうし』二巻所収。屋宜の港から陸揚げされる直垂や鎧は、誰が着て似あうだろうか、アヂオソイテダこそ召されてふさわしい。アヂオソイにさらに太陽を意味するテダが接尾敬称辞としてついている。中城周辺の人たちが首里の国王を讃美し、献上しようとしたのだろうか。でも、二巻は中城・越来のオモロなのだから、中城の大きなアヂに対する尊称ともうけとれる。（外）

伊祖《ゑぞ》の戦思《いくさも》ひ　月の数遊《かずあす》び立《た》ち　十百年《ともゝと》　若《わか》
てだ囃《はや》せ　意地気戦思《いぢきいくさめ》い　夏《なつ》はしげち盛《も》る
冬《ふゆ》は御酒《さけ》盛《も》る

『おもろさうし』十二巻所収。伊祖の戦思い様は月ごとに神遊びをなさって立派な方である。千年も長く勝れた領主様を囃しなさい。夏は神酒を、冬は御酒を盛って盛宴を張ってくださる立派なお方である。気力旺盛なアヂ、英祖を讃美したオモロ。英祖は一二六〇年に王位についたといわれるが、「戦思い」という名がつけられて尊称される勇者であった。鉄を入れ農業も興している。（外）

いたきよらたなきよらの語もさわに
躍動せる詩ふなゑとのオモロ

山口由幾子

昭和十八年九月一日『短歌人』に発表された『オモロ草紙』の中の一首。おもろさうしは、全二十二巻一五五四首を収めた沖縄最古の歌謡集で、ふなゑとのオモロは、巻十三に集められ、帆走が歌われている。いたきよらたなきよらは、オモロの常套形式である対句・対語表現になるもので立派な船の意。さわには非常に多いさま。オモロの美しい詩語に魅了された沸き立つ心を歌った一首。（仲）

戦《いくさ》みやを　ほあらみやを　為《すせ》ばど
蜻蛉舞《あけずまい》を　蝶《はべら》舞を　さ踊《をど》れ
前手んな　百《もも》さるき　倒《たう》せば

宮古島の古アヤゴ

『南島歌謡大成　宮古篇』所収。「仲宗根豊見親八重山入の時あやご」の一節。仲宗根豊見親は宮古の歴史を大きく進めた英雄。「ほあら」は、戦ごとの意であろう。戦場で戦ごとをしたら、豊見親は蜻蛉の舞い、蝶の舞いを舞って、前手には百の敵を突き倒し……、がその意。古歌で蜻蛉・蝶は神霊の化身だが、ここでは豊見親の戦振りが軽やかで、優美なものであることの比喩として使われた。（波）

さりげなきひとの言葉が病むわれの
心に触れてかなしきときあり

城山達郎

昭和十二年九月一日『アララギ』に発表された一首。昭和戦前期の『アララギ』で活躍した沖縄出身の歌人といえば神山南星、並木良樹らがいるが、その中でもっとも数多くの歌を発表したのが城山である。彼らは神山が歌っていたように「宿命のやまひ」に、故郷を追われるようにして鹿児島や熊本に行き療養生活を送っていたが、そこで彼らは、全てを歌に託して病に耐えたのである。(仲)

聞《しぃ》くだる耳《みん》や　走《ぱ》らなー　足《ぱん》ぬ　走《ぱ》り
走《ぱ》ったる足《ぱん》や　取《とぅ》らなー　手《てぃー》ぬ　取《とぅ》り
取《とぅ》ったる手《てぃー》や　食《ふ》わなー　口《ふちぃ》ぬ　食《ふぁ》い

八重山・川端かーれーユングトゥ

『南島歌謡大成　八重山篇』所収。ユングトゥは、一座の笑いを狙い、身振りをおりまぜつつ声高に唱える。ザン（ジュゴン）が浜に寄りついたぞ、それを聞いた耳は走らず足が走り、走った足は取らず手が取り、取った手は食わずに口が食い、がその意。その後、食った口は叩かれず、背中が叩かれ……、と続く。「取った手は食わず、口が食い〜」には、人の世に対する風刺もあろうか。（波）

夏《なつぃ》の走川《はいかわ》に涼《すず》し風《かじ》立《た》ちゆす
もしか水上《みなかみ》や秋《あち》やあらね

『琉歌全集』所収。夏の川面に涼しい風が吹いてくる。もしや水上の方は秋ではないだろうか。川面を渡る風に涼しさを求め、こころよい秋の訪れを想像しているらしい。先取りをする秋に、暑さも和らぐことであろう。立秋、処暑が過ぎ、旧盆もすませた。間もなく白露の季節である。そのように忍び寄る秋を『古今集』はこう詠んでいる。

秋来ぬと目にはさやかに見えねども　風の音にぞおどろかれぬる

（外）

いつ見ても悲しきものは琉球の屋根の瓦の赤き土色

山城正忠

明治四十三年九月十四日『沖縄毎日新聞』に「醒餘集一」として掲載された中の一首。『スバル』第九号から転載。転載にあたって、正忠が今東京にいること、與謝野鉄幹の門弟で将来を嘱望されていること、彼の歌は琉球的な色調に特色があると紹介文を添えてある。赤瓦の屋根が櫛比した那覇の街を歌ったものであるが、その屋根瓦の色が美しいものとしてでなく、悲しいものとして写った。（仲）

宵《ゆい》とめば明《あ》ける夏《なつい》の夜《ゆ》のお月《ついち》
雲《くむ》のいづ方にお宿《やどぅ》めしやいが

岡本岱嶺《たいれい》

『琉歌全集』所収。まだ宵と思われるままに明けてしまった夏の夜であるが、あのお月さまは雲のどのあたりに宿っているのであろうか。『古今集』の夏歌に「月のおもしろかりける夜」と詞書があって、

夏の夜はまだ宵ながら明けぬるを
雲のいづこに月宿るらむ

という歌がみえている。月を明け方まで楽しみながら宿を案ずる機知が面白い。琉歌はその飜案であろう。（外）

綾黄《あやき》まだら　奇《く》し黄まだら／嶽《てー》くら　山くら／
行きぃば　行き違《ちげ》い／走《は》れぃば　走《は》り違《ちげ》い／
果報《くわほ》　呉れぃたぼれぃ

奄美名瀬のハブグチ

『南島歌謡大成　奄美篇』所収。ハブグチはハブの災厄を避ける為の呪文。綾黄マダラ・奇黄マダラはハブの異称だが、マダラは斑《まだら》模様の斑か。綾なる黄斑、奇すしき黄斑、私が嶽の頂、山の頂に行く時は、行き違い、歩めば歩み違いに、巡り会わぬ果報をどうぞ下さい。奄美はハブどころ。島人はその難を逃れるため言霊にすがった。綾黄マダラ・奇し黄マダラという語には、ハブの神聖をも語る響きがある。（波）

マモヤが匂《かざ》あ　こみ香の匂《かざ》
美人《あぱらか》が匂あ　にふにりの匂

宮古島保良・まむやがアヤグ

『南島歌謡大成　宮古篇』所収。伝説に名高い美女マモヤの悲劇を歌うアヤグの一節。マモヤの美しさをいうのに、その放つ香気を取り上げた。マモヤの香りは身に籠めた香《こう》の香り、美しい乙女の香りは九年母の香り。乙女のかおりたつ美しさを思わせるが、それは、対比される家妻の「ゆすばいのかざ」（寝小便の臭い）という、現実生活の臭いによって際立った。妻と乙女を比べるのに香りをもってした感性は妙である。（波）

昔《んかし》眺《なが》めたる波《なみ》の上《うぃ》のお月《ついち》
なまに面《うむ》影《かじ》の照《てぃ》りよまさて

神村親方

『琉歌全集』所収。昔眺めた波の上の月は、今も変わらず照り勝ってみえる。この「面影」は月影であるが、昔逢った慕わしい人の面影も重ねられているのであろう。

波の上《なんみん》は地名。那覇の若者たちにとって夕涼みと憩いの場であり、恋の花咲く月の名所でもあった。

潮騒を聞きながらさやかに照る月の光を浴び、夜風に涼を求めた波の上の情緒も、今は昔語りになってしまったようだ。（外）

あはぬあかつらの闇路《やみじ》ふみ迷《まゆ》て
月待《ついちま》ちゆすあれが知《し》らなやすが

宜野湾王子朝祥

『琉歌全集』所収。逢えないであかつらの闇路に迷い、月の出を待っているこの苦しさを彼女が知ってくれたらよいが。

「あかつら」は那覇若狭町海岸の地名。那覇の辻遊廓へ行く遊客たちにとって忘れられないお忍びの道。通人たちは、アカチラの浜辺の往還にさまざまな思いをかみしめたことであろう。琉歌も、「恋しあかつらの波に裾ぬらち　通ひたる昔忘れぐれしや」とうたっている。

（外）

文明はいはいを質に置いて行き

芋酒

明治四十四年九月二十二日『沖縄毎日新聞』に掲載された「川柳」の中の一句。いはいは位牌で死者の戒名を書いた木の札。たった四艘で夜も眠れなくした「文明」は、腐れ南瓜の音を出す頭を現出させたが、ここ沖縄では、位牌を金に変えようとする輩も出したのである。生活の基盤を律していた物さえ銭とする文明を揶揄した一句である。明治四十三、四年頃は琉歌狂歌や風叢、川柳等が数多く紙面を飾った。それらは激動期の産物であったとも言えるかと思う。(仲)

照《てぃ》りきよらさあても誰《たる》と眺《なが》めゆが
思《うむ》ひありあけの夜半《ゆわ》のお月《ついち》

高良睦輝

『琉歌全集』所収。お月さまがいくら美しく輝いていても誰と眺めようか。今は亡き人と共に眺めた有明の月の侘びしさよ。美しければ美しいほど悲しい思いのよみがえる月である。「思ひありあけ」の「あり」は掛詞。喜びも悲しみも共にした人への思慕が、月への思いにかけられている。「照りきよらさ」は、照り輝いて美しいの意だが、月の美しさを表現する場合の慣用句として、よく使われている。(外)

蝉をとる裸の子等がさしかざす
芭蕉の葉より風の秋づく

田里鳥江

明治四十三年十一月一日号『スバル』に発表された一首。芭蕉の葉を丸めて筒状にし竿の先に結んで捕虫網とした。それで蝉を捕る光景は夏の風物詩であった。鳥江は、それを真夏の風物としてでなく、秋風の立つ時期に移し情緒纏綿としたものにした。無邪気で元気な裸の子たちの姿を写した歌と取るより、むしろ貧しい子供たちの遊びもそろそろ終わりになってしまう悲愁を歌ったものと見る。(仲)

雨戸《やどぅ》ぬ桟《さん》ぬ　ふだちめま
大海《うぷどぅ》下《う》れー　鱶《さば》なる間《けー》
我等《ばが》皆《けーら》ぬ命　島とぅとぅみ　あらしょうり

西表島祖納・ユングトゥ

『南島歌謡大成　八重山篇』所収。島人の長寿延命をことほぎ歌う「井戸ぬ端ぬ小蛙ユングトゥ」の第三節の詩句。戸の桟にへばりついているヤモリが、大海原に下りていって遂には大きな鱶となるまで、我等の命は、島と共にあらせて下さい、が本句の意。小動物ヤモリと海中の鱶とを結び付けた所に意外性がある。この両者、色と姿態が似ていると言えば似ている。この結びつきが命。（波）

十《じゅ》五《ぐ》夜《や》照《てぃ》るお月名《ついち》に立《た》ちゅるごとに
四《ゆ》方《む》に照《てぃ》り渡《わた》る影《かじ》のきよらさ

勝連按司朝慎

『琉歌全集』所収。十五夜の月は名高く評判されるように、四方に照り渡るさまがまことに美しい。「十五夜」は陰暦毎月十五日の夜の意だが、満月の夜の意味にも使われる。特に陰暦八月十五日の夜を「十五夜」といい、この日のお月さまにススキや団子を供えて月見をする。中秋の名月である。所によっては綱引きをする風習もある。月見は八月十五夜、九月十三夜の月をさすことが多いが、正月十五夜の月見もある。（外）

十五夜《じゅぐや》照《てぃ》る月《ついち》やいつもかにさらめ
眺《なが》めゆる無蔵《んぞ》とつれて行《い》きゆさ

詠み人しらず

『琉歌全集』所収。八月十五夜のお月さまはすばらしく美しい。いつもこうあってほしいものだ。一人だけでなく、彼女とともに眺めに行こう。寄り添っている彼と彼女、照り渡る十五夜の月、無上のしあわせに浸っているであろう二人を想像する。幻想的な月の夜であろう。

恋人に捧げた幻想曲風なソナタといわれるベートベンの「月光」も、さやかな十五夜の楽想のように思えてならない。（外）

はちす葉《ば》におきゆる露《ついゆ》の玉《たま》ごとに
ひかり照《てぃ》りうつる十五夜《じゅぐや》お月《ついち》

『琉歌全集』所収。蓮の葉におく露の玉ごとに、十五夜の月が照り映ってなんと美しいことよ。はちす葉の露ごとに映るお月さまは、長野の水田地帯にみられる「田毎の月」そのままである。

首里城の辺りの蓮小堀と弁財天池は蓮の名所であった。文人たちは、十五夜の月とはちす葉の露に美感を求めてさ迷ったことであろう。「さやか照り渡る月にみがかれて　はちす葉にかかる露のきよらさ」とも。

（外）

嘉徳《かどぅく》なぶぃかなや　言付《ことぢげ》ぇぬ煙草《たばく》
又《また》も　言付《ことぢげ》ぇぬ　もつれ煙草

奄美大島・煙草ナガレ

『南島歌謡大成　奄美篇』所収。「煙草ナガレ」は、男女の関係を煙草に託して歌った新ナガレ歌の一つ。本歌はその冒頭の一首。嘉徳ナベカナ女の言付けの煙草、又も言付けの、睦みの煙草、がその意。この女性、有名な遊び歌「嘉徳ナベカナ節」に歌われた人か。煙草が男女の仲を結ぶ小道具であったことは「煙草草種や異な物ややしが／煙草からどぅ縁や付ちゅる」(「煙草ナガネ(2)」)に明らか。煙草のこの役割は、辻の町で生きていたとか。(波)

夜鴉《よがらす》の鳴くに涙す妻もてる
淋し哉や月もさしこず

芦琴

明治四十四年十一月十五日『琉球新報』に発表された「秋深し」の中の一首。夜鴉は、人の死を知らすものとされ、その鳴く声を聞くとヤナクトヤイヤーイー、イイクトヤイヤーシチャ（悪いことはお前の上、良いことはお前の下）と唱えるものとされた。夜鴉の鳴く声を聞いて涙する妻を娶ったことを淋しく思うと歌ったものであるが、俗信におしひしがれている妻を哀れに思うと同時に、情け無く感じている歌。（仲）

にれー　龍宮《じゅうぐ》から／甘種《あまちゃに》　白種《しらちゃに》

鷲《わし》ぬ鳥《とうい》が　くくりもーち

人《つー》　衆生《しじゃー》／くぇーふー　みーふー

大宜味村塩屋・ナガリ

『南島歌謡大成　沖縄篇（上）』所収。塩屋の海神祭でヌル・神人等の唱える願詞の冒頭部。ニレーは海の彼方にあると想念された万物の本源の地。甘種・白種は稲種のこと。ニレー、龍宮から稲種を鷲が口に銜《くわ》えて来まして、人・衆生の食の果報、新しい果報をもたらして、云々。奄美・沖縄における稲作発祥の神話を語った詩句である。伊勢の伊雑《いさわ》の宮にも同様な話があり興味深い。（波）

のが急《いす》ぎめしやいる照《てぃ》る月《つぃち》もきよらさ
暁《あかつぃち》よともてとりや鳴きゆる

『琉歌全集』所収。どうしてお急ぎになるのですか、照る月も美しいので、鶏は暁だと思って鳴いているのですよ。恋人と別れの暁を告げる鶏の鳴き声は、記紀、万葉の古くから和歌にも琉歌にも使われてきた。この歌は、きぬぎぬの別れにのぞんで、帰ろうとする男を引きとめる女の歌。「引きとめ歌」といわれている。「とりうたへば里前のが急ぎめしやいる　別れてやり言ちやとりや鳴かぬ」ともうたっている。（外）

月《ついち》や昔《むかし》から変《かわ》ることないさめ
変《かわ》て行《い》くものや　人《ふぃとう》の心《くくる》

詠み人しらず

『琉歌全集』所収。月は昔から変ることはあるまい。変っていくものは人の心だ。恋人の心の移ろいを嘆いている。お月さまは、昔も今も変ることなく照り輝いて美しいのに、人の心はどうして変っていくのであろう。嘆いても嘆いてもせんないことだが、嘆かずにはおれない恋人の変心である。「うつろふ」ものとして、小野小町は「色見えでうつろふものは世の中の　人の心の花にぞありける」とうたっている。（外）

石のごと固まるふぐり秋寒し

井外

明治四十二年十一月八日『沖縄毎日新聞』掲載「ガズマル会」詠句の中の一句。旧派俳諧の結社に対し、新派俳句結社として「カラス会」と並ぶ一つが「ガズ（ジ）マル会」である。煙波、駄々作、春水、雲濤、半酔等がいた。「ふぐり」は、いんのう、きんたま、睾丸のこと。寒さでいんのうが、石のように固くなってしまったという生理現象を歌ったものであるが、ユーモアの中に、かすかな哀愁を漂わせた一句である。（仲）

暗闇《くらやみ》よやればしばし待《ま》ちめしやうれ
二十日夜《はつかゆ》の月《ついち》もやがてとよむ

詠み人しらず

『琉歌全集』所収。暗闇ですからしばらくお待ちください。二十日夜の月もやがて出てきますよ。「二十日夜の月」は、遅くなって出てくる夜の月。きぬぎぬの別れであろう、暗闇を案じ月の出を待ってくださいという思いやりに、男女の濃やかな愛情がうかがえる。『土佐日記』にも「二十日の夜の月出でにけり」と出てくる。万葉歌には、「夕闇は道たづたづし月待ちて　いませ吾が背子その間にも見む」がみられる。（外）

北風《にすかぜ》の押《お》すばまい　さゝめきやの　落《お》とればまいヤウイ／汝《うヴ》びゃむてぃど　友達《あごびゃ》むてぃど大目《おぷみ》なれヤウイ

宮古・トーガニ

『南島歌謡大成　宮古篇』所収。北風がヒューと吹いても、落ち葉がカサリと音を立てて落ちてもよ、貴方だと、恋しい人だと、私は眼を見張ってしまうのですよ。恋人の訪れを待ちに待つ娘。外は冷たい風。闇の中を北風に枯れ葉が落ちる。辺りの微かな物音をも逃すまいと、娘の全身は耳と化している。歌はこれを「大眼になって」と表現した。闇に向けられた眼の輝きさえ思われる。（波）

きのふから妻と心のあはないのは
この曇り日のせいだらうか

池宮城寂泡

白筆原稿「自選歌」の中の一首。『池宮城積宝作品集』所収。昭和九年度の沖縄短歌壇について「名嘉元浪村（無所属）桃原邑子（詩歌）の二氏が定型全盛の県歌壇に、おくればせ乍ら新短歌を移入して多少の反響を与えた」と書いたのは浪村自身であるが、寂泡のこの作もその頃のものであろうか。一種、天気まかせの生活をした寂泡ならではの作で、そこはかとない哀感が胸を熱くする。（仲）

語《かた》りたや語《かた》りたや
月《つぃち》の山《やま》の端《ふぁ》にかかるまでも

詠み人しらず

『琉歌全集』所収。語りたい語りたい。月が山の端にかかるまでも。秋の夜が更けて明け方近くになると月は山の端にかかる。愛しあう二人には、語っても語っても語りつくせないものがあるのだろう。山の端にかかる月の出るまで語りあいたいという緊迫した情感が伝ってくる。

この歌は上句が五五音で大和風、下句が八六音で琉歌風を成す。「仲風」とよばれる形式の琉歌で、教養階層に好まれた歌形である。(外)

北《にし》の海《いむ》の　砂《しな》むなごまいヨ／返《かい》すば　打《う》ち止《や》ばんものヨウイ／私《ばん》の男《びきりや》まい　思《おも》ゆる女《ヴなり》を抱《だ》け　止《や》ばむさヨ

宮古・トーガニ

『南島歌謡大成　宮古篇』所収。北の海の波は、渚の砂を打って和むものよ。それと同じに、私のあの方の思いも、思う女を抱いて止むものよ。上句で自然の普遍を言い、下句で人事をそれに譬《たと》えるのは南島の叙情歌の常套的手法である。この歌では、浜に寄せる波と恋の真っ直中に居る男が並べられた。太古の昔から、普遍的に繰り返される浜辺の光景。その悠久の自然の営みに譬えられた男の情理。これ又、普遍である。（波）

貧しくとも心すなほにそだてよと
吾が子よ父は祈りをるぞも

比嘉里風

昭和九年十一月一日『短歌研究』に掲載された「海外歌壇—布哇ヒロ銀雨詩社詠草」の中の一首。妻や子を残して一旗揚げんと海外へ出ていった者たちの願いが歌われたものであるが、彼らは、まず何よりもわが子が素直に育って欲しいと念じたのである。ハワイは短歌熱の盛んな所で、沖縄出身者も参加していた「銀雨詩社」には、比嘉の他に當間嗣郎、比嘉静観らもいて活躍している。(仲)

田も畑も
娘も売りて
手にしたる借用証に世を呪ふらめ

玉木鉞一

大正十四年十一月十日『沖縄朝日新聞』「朝日歌壇」に発表された「初夏─辻にて」の中の一首。「らめ」は「らむ」の已然形。全てを売りつくしてもなお借用証が残っているというのであれば、世を呪うのも当然のことであろうというのである。辻の遊女の話を聞いて作った歌かと思うが、辻遊廓は貧困ゆえに売られてきた女たちの集まっていた場所であった。（仲）

山といふ山もあらなく川もなき
この琉球に歌うかなしさ

長浜芦琴

明治四十三年十一月九日『琉球新報』に掲載された「漂白」の中の一首。山らしい山も川らしい川もない沖縄で歌を歌うのは悲しいことだというのである。富士の秀麗や奔騰する最上といった山や川を持たない風土、そういう風土で歌を歌うにはどうすればいいか。歌は、はからずもその問いに答える形になっている。何もないということを逆手にとって生んだ優れた歌の一つがここにある。（仲）

吉底船《んじゅくぶね》　弥底船《やじゅくぶね》　接《は》ぎ浮《う》きて　みそれば
ざんの魚《いゆ》も　すーくの魚《いゆ》も　引き寄せて
抱《だ》き載《の》せて

勝連村比嘉のウムイ

『南島歌謡大成　沖縄篇』所収。比嘉で三月三日に神人によって歌われる豊漁祈願の呪謡。「んじゅくぶね・やじゅくぶね」は、船を美しく表現した語。「ざん」は、ジュゴンで、人魚のモデルといわれる。その肉・皮は不老長寿の薬とされ、古くは、首里の国王への献上物であった。吉き船を、優れた船を造り浮かべ、それに御乗りになって、ジュゴン魚もスークの魚も引き寄せ、抱き載せて……。（波）

山《やま》　見りば　八重山《やいま》ゆ　思《うむ》い出《いだ》し
海《うみ》　見りば　生《ま》り島《じいま》　思い出し

八重山・トゥバラーマ

『とぅばらーま歌集』所収。「生《ま》り島《じぃま》」は、生まれ、育った島。沖縄方言のンマリジマ。山を見ると八重山を思い出し、海をみると生まれ島を思い出し……。ごく単純・単調な形をした歌である。しかし、その中に籠められた望郷の思いは深く、八重山人の好んで歌う一首である。海と山に恵まれ、自然の呼吸と共に生きた時代。それはもはや「失われた時」であろう。そして、今、その海山さえもが無くなろうとしている。(波)

幼き日母に習ひし島唄を
今宵さみしく口ずさみけり

神山南星

昭和十五年十二月一日『アララギ』に発表された一首。島唄は琉球民謡のこと。口ずさむは何となく心に浮かんだ詩歌の文句を、軽く声に出すこと。一人でいる淋しさに、小さい頃母に習った故郷の唄を口ずさんでいるというのである。渡海を隔てても見る月は一つとうたう「浜千鳥節」を、テーントゥンテントンテンの口三味線で、南星は故郷を偲びしみじみと歌ったのではなかろうか。（仲）

汝《いや》　歯《は》とぅ　我《わ》　歯《は》とぅ　生《むえ》ーくましろ

奄美大島名瀬のタハブェ

『南島歌謡大成　奄美篇』所収。歯が抜けた時に唱える呪文。抜けたばかりの自分の歯が早く生えるように祈るマジナイである。「むぇーくま」は、生えっこ。生え比べ。お前の歯と私の歯と、生えっこしようよ。下の歯が抜けた時は屋根の方に投げ上げ、上の歯が抜けた時には床下に放り込みながらこう唱えた。抜けた歯の跡を舌先で確かめつつ、新しい歯を心待ちした記憶。抜けた歯を放り投げる屋根も床下も無い今の子供たちは、どうしているのだろう。（波）

勝連《かつれん》の阿麻和利《あまわり》　十百歳《とひゃくさ》ちよわれ
肝高《きもたか》の阿麻和利《あまわり》　勝連《かつれん》と似《に》せて
肝高《きもたか》と似《に》せて

『おもろさうし』十六巻所収。勝連の気高いアマワリ様よ、千年も末長くましませ。アマワリ様には、品位のある勝連こそがふさわしいのです。「組踊」の中で悪役に仕立てられたアマワリだが、オモロのアマワリは古代の英雄である。乱世に護佐丸を討ちとったアマワリには、野心家という口碑が貼りついてしまった。しかし、オモロのアマワリ像は民衆に敬愛されている按司である。（外）

勝連《かつれん》の阿麻和利《あまわり》　玉御柄杓《たまみしゃく》有《あ》り居《よ》な
京《きや》　鎌倉《かまくら》　此《こ》れど言《い》ちへ鳴響《とよ》ま
肝高《きむたか》の阿麻和利《あまわり》

『おもろさうし』十六巻所収。勝連の気高いアマワリ様は、霊力豊かな玉御柄杓を持っておられる。京、鎌倉にもこれをいって鳴響もう。「肝高」は気高い、心豊かなの意であるが、ここでは勝連の美称。「玉御柄杓」は霊力を象徴する祭具。玉御柄杓を持つことは百按司が羨んだらしく（浦添オモロ十五巻）、たいへんな誇りであったらしい。アマワリの権勢がうかがえる。（外）

乙女《みやるび》欲《ふ》さ　何《なゆ》とぅ丈《たき》　欲《ふ》さるかよ
夏《なつ》水《みず》　冷《ぴら》き水《みず》　欲《ふ》さそによ

八重山小浜島・ちんだいらばユンタ

『南島歌謡大成　八重山篇』所収。たきは、〜程の意。ぴらき水は、ピラギシャル（冷たく心地好い）水。歌名の「ちんだいらば」は、太陽が入り込むとの意。太陽が沈むと乙女のこと、恋人のことが思われる、と歌い出す歌の第三節と第五節の詩句。乙女欲しさは何に譬える程に欲しいのかよ。それは、暑い盛りに夏の水、冷たい水を欲しがる様なものよ。冷《ぴら》き水、と譬えられ、性に纏わる感情も清涼感与えるものとなった。（波）

渡り行け宝は南あめりかに
とり来む人をまつといふなり

篠原政禎

明治四十年十二月二十三日『琉球新報』に掲載された「米国渡航移民をすゝむる」の中の一首。南米は未開の宝庫でそれを取りに来る者を待っているというのだから取りに行けというのである。沖縄は土地狭隘で人口過剰、その解決策は南米諸国への移民にしかないと大隈重信が「沖縄の至富三策」を『琉球新報』に寄せたのは明治四十一年。内外共に全ての解決策を出移民に求めた時代であった。(仲)

勝連《かつれん》の鳴響《とよ》みてだ　百浦《もゝうら》鳴響《とよ》みてだ
勝連《かつれん》の板口《いちゃぐち》　肝高《きむたか》の金口《かなやぐち》
上《かみ》からは
照間浜《てるまはま》　下からは浜川《はまがは》に

『おもろさうし』十六巻所収。勝連の按司は、百浦に鳴りとどろく按司である。勝連の立派な港口を開け、上からの船は照間浜に、下からの船は浜川に着けている。照間浜は金武湾に面し、浜川は中城湾に面している。いずれも海から勝連への入口として交易にかかわる重要な港。特に照間は、与那城、勝連、具志川につながる長浜で、陸地は水利に恵まれ稲作ともかかわりが深い。（外）

勝連《かつれん》は　てだ向《むか》て　門《ぢゃう》開《あ》けて
真玉金《まだまこがね》　寄《よ》り合《や》う玉《たま》の御内《みうち》
肝高《きむたか》の月向《むかて》　勝連《かつれん》わ
けさむ今《みや》も按司《あんじ》選《ゑら》ぶ

『おもろさうし』十六巻所収。気高い勝連は、太陽に向かい、月に向かって門を開けて、真玉や金が寄り合う勝連城であることよ。勝連は、昔も今も立派な按司を選んで栄えている。勝連半島中央部の丘陵に位置して金武湾、中城湾を眼下に見下し、伊計、宮城、平安座、浜比嘉の島々に抱かれた長浜と良港に恵まれた勝連城が、真玉、金の富を集めて栄えていたことがほうふつとする。（外）

有難や布哇《ハワイ》の息子の送り金
とる手しきりにふるえてありぬ

浦舟生

明治四十三年十二月二十七日『沖縄毎日新聞』に発表された「冬の日光」の中の一首。沖縄は、有数の移民県。明治三十二年ハワイに向かった二十七名に始まる海外移民は南米を中心にして世界の至る所に散っていった。別離に際し、ティガメーアトゥカラ、ジンドゥサチドー（手紙はあと、金が先）と叫んだという話も残っているが、その金が送られてきたあり難さに、全身をわななかせていると言うのである。身につまされる歌である。（仲）

夜走《ゆるは》りゅる船《ふね》やよー　隠《かく》れ瀬《せ》どぅ仇《かたぎ》よー
加那待《かなま》ちゅる夜やよー　友達《どうし》どぅ仇よー

奄美大島宇検村・田の草イェト

『南島歌謡大成　奄美篇』所収。「隠れ瀬」は海中に隠れて見えない岩礁。暗礁。「加那」は奄美方言で恋人のこと。「仇」は仇敵だが、下句では、邪魔くらいの意。夜走らせる船の仇となるものは、隠れ瀬だよ。愛しい貴方を待つ夜の仇は、友達よ。愛しい人がやって来る約束の時が近づいいた。しかし、友はこちらの気持ちにお構いなしに、いよいよ話に興じて行く。ああ、早く帰って呉れれば良いのに。友さえが邪魔となる恋の時間。（波）

九年母玉《くにぶだま》　香《か》ばし玉　さゆかば
うりさわり　くりさわり　しぃかりな

八重山新城島・はいきだユンタ

『南島歌謡大成　八重山篇』所収。「九年母玉」はシークヮーサー等を青い中に摘んで作った佩き玉（首飾り）。「香し玉」は対語。「さゆかば」は、延べ置いたら。九年母玉の首飾りを置いてあるから、それに触り音を立てて、父や母に聞かれないでね、が一句の意。この歌は、闇の中を夜這いに来る恋人を戸口、台所、座敷と導き、自分の寝座迄手引する娘の歌。夜這いが罪でなく結婚の一過程であった時代、性は今よりも明るかった。（波）

馬歯山にコロ〳〵転ぶ夕日玉
人の生死の時の謎なり

梅梅子

大正六年十二月八日『琉球新報』に発表された一首。馬歯山は慶良間島の古称。夕日玉は夕日と火玉を掛けたものかと思うが、火玉はヒーダマの当て字で人魂。人魂は夜間に空中を浮遊する青白い玉で、古来死人の体から離れた魂だとされ、人魂が飛ぶとその近隣から死人が出ると言われた。人魂の怪しさを歌った特異な歌だが、聞こえるはずのない対象を音でとらえた所に臨場感が出た。（仲）

勝連《かつれん》が船遣《ふなや》れ　船遣《ふなや》れど御貢《みかまへ》　喜界《きゝや》　大みや
直《ひちや》地《ぢ》成《な》ちへ　みおやせ
ましふりが船遣《ふなや》れ

『おもろさうし』十三巻所収。勝連の、マシフリの航海である。航海こそが御貢なのだ。喜界島、奄美大島を陸続きにして、勝連の按司に御貢をさしあげよ。当時の中山勢力は、明、シャム、マラッカ、ジャワにまで船を遣って交易をし、国家経済の基礎を固めていた時代である。その頃、勝連や中城は、東の海に覇を競い、北方交易を中心にした利をあげ、力を蓄えていたようである。（外）

我《わ》ぬが時《とき》　成《な》ゆん／神《かぬ》が時　成ゆん
蜻蛉《あきじ》なて　戻《むり》ら／蝶《はべる》なて　戻ら

座間味島・マセーヌスーウムイ

『南島歌謡大成　沖縄篇』所収。座間味島の豊作祈願の農耕儀礼・新穂花の時に唱えられる。「あきじ」は、蜻蛉（トンボ）。日本古語で「あきつ」という。「はべる」は蝶。歌意は、我が時となった。神の時となった。神なる我は、蜻蛉と成って戻ろう。蝶となって戻ろう、というもの。蜻蛉・蝶を神や精霊の変化《へんげ》とみる考えは沖縄に広く見られる。森閑とした御嶽で、漂う様に舞う蝶を見る時、この古代的な想念は身近に感じられる。（波）

彗星《すいせい》の尾に北風の起りけり

煙波

明治四十三年三月一日『沖縄毎日新聞』「毎日俳壇」の中の一句。彗星は固体の集合体からなる核とガスまたは固体粒子からなる髪及び尾とで構成され、尾は太陽のほぼ反対側にのびている。太陽系内の天体。ほうきぼし。その出現は、中国でも日本でも凶兆視された。神秘的な一瞬の後の心騒ぎを歌った一句。明治四十三年はハレー彗星が現れた年。地球と衝突し、生物はすべて全滅するのではないかという不安で人々は戦《おのの》いた。（仲）

御万人の君の思子や
こよひど天降めしやうちやる
でかつれてベツレヘムに
いそぎいきやりをがまね

琉球訳賛美歌

明治四十年十二月二十五日『琉球新報』に掲載されたもので、賛美歌第六十七を琉球語に翻訳したものである。訳者は伊波普猷。伊波は、シュワルツ夫人に頼まれその約束を果したのであるが、賛美歌の琉球語訳を通じて「琉球語にても、まだ詩の作れることが分り候」と記していた。琉球語表現の可能性を示唆した一篇。（仲）

貴方《フヴぁ》がじゃーんどぅ　取《とぅ》らいでぃやてぃがー
乙女《ぷなりゃ》がじゃーんどぅ　抱《だ》かいでぃやてぃがー
一里浜《いちりはま》ぬ　白砂《しるんなぐー》まい　読《ゆ》み見《み》しゃくよー

宮古池間島のトーガニアーグ

『南島歌謡大成　宮古篇』所収。「じゃーんどぅ」は、〜さえが、〜だけがの意。上の語を限定し、強める。貴方さえ手に取る事ができたなら、可愛いお前さえ抱く事ができたなら、俺はあの長い一里浜の白砂をも数えてみせようと思う程だよ。未だ実らぬ恋の中で、男は自分の思いの深さ、激しさをそう歌った。「白砂〜」の一句は常套的であるが、ここでは若さと純情を象徴して強く、眩しい。（波）

帰りなん里の妻々砧《きぬた》打《う》つ

麦門冬

明治四十二年十二月十五日刊『文庫』に発表された一句。砧は、「布をやわらげたり、つやを出したりするのに用いる木、または石の台。また、それを打つこと」をいう。砧を打つのは女の夜なべ仕事であった。李白の「子夜呉歌」を始め、夫を旅に出した妻たちの砧を打つ侘しい音を歌った歌は多い。秋の夜長に、田舎の女たちの砧を打つ音を聞いて、妻のことが思い返され、帰郷心が矢のごとくわき起ったともとれる一句。（仲）

錦《にしき》うちまじり庭《にわ》のませうちに
露《つゆ》うけて咲《さ》きやる花《はな》のきよらさ

詠み人しらず

『琉歌全集』所収。錦がまじったようにみえる庭のませ垣の内に、露を受けて咲いた花の美しさよ。「錦」は庭に散り敷いた紅葉、「花」は白菊である。紅葉の紅と白菊の白をとりあわせて美しい秋をうたっている。「庭に散る紅葉糸にぬきとめて　暮れて行く秋のかたみすらね」「庭の白菊のうち笑て咲きゆす　よべ降たる雨の情さらめ」などと、琉歌に映る秋は、紅に映える紅葉や、すがすがしい白菊で彩られている。（外）

澄《す》みて流《なが》れゆる山川《やまかわ》の水《みずぃ》に
色《いろ》深《ふか》くうつる秋《あち》の紅葉《むみじ》

本村朝照

『琉歌全集』所収。澄んで流れる山川の水に、色あい深く映る秋の紅葉よ。山原の晩秋であろうか。透きとおるような山川の水に映る紅葉の色映えに、静かな明るい美しさが描写されている。「色深く」の「深く」には、山の深さと紅葉の色の深さがとりこまれていて巧みである。古今集にも「山川に風のかけたるしがらみは　流れもあへぬ紅葉なりけり」と、山川と紅葉が映されているが、歌の趣はかなり違う。（外）

あんま面影《おもかげ》や　時々《ときどき》どぅ　立ちゅる
かなが面影や　朝間《あさま》　夕間《ゆま》　立ちゅり

奄美・笠利町用の八月踊り歌

『南島歌謡大成　奄美篇』所収。「あんま」は、母さん。「かな」は、古語のかなし（愛し）に由来し、愛しい人、恋人を表す。母さんの面影は時々しか立たないのだけど、恋しい人の面影は、朝も夕も絶えず立って……。チヂュヤーは「寝ても忘らぬ　我親のお側」と歌って親と子の心を繋いだが、ここでは、その親を越える者として恋人が歌われた。恋する若者の心を捉えて放さないのは恋人。それをごく正直に述べた素直な歌。（波）

惜《をう》しむ暁《あかついち》のきぬぎぬの袖《すでぃ》に
移《うつ》り香《が》やいつものかぬあらな

保栄茂朝意

『琉歌全集』所収。惜しい暁の別れの袖に、残る移り香はいつまでも消えないでほしい。恋人の移り香ほど懐かしいものはない。きぬぎぬの別れをしてきただけに、よみがえる懐かしさはいとおしさも伴うことであろう。「きぬぎぬ」は、衣を重ねて共寝した男女が、翌朝めいめいの着物を着て別れること。漢字は衣衣、後朝と当てる。新古今集に「明けぬれどまだ後朝になりやらで　人の袖をも濡らしつるかな」とある。（外）

早朝《すとむで》の　豆《まめ》が花《ぱな》　明きしゃるの　露《つゆ》が花《ぱな》
豆が花や　一重花《ぴとえぱな》　露が花や　二重花《ぷたへぱな》

宮古島・豆が花

『南島歌謡大成　宮古篇』所収。「あけしゃる」は、夜明け方の意。早朝に花開く豆の花、夜明けに花咲く露の花。豆の花は一重花、露の花は二重花、がその意。朝露を受け、風に揺れる豆の花は清楚そのものである。しかし、歌はその花の美しさを讃える事が目的ではない。美しい豆の花にも譬えられる乙女に、権力をかさに迫る王国時代の役人の姿を歌うのである。俗世の醜さの前で、豆の花の清楚な美しさが一際輝かしい。（波）

かさべたる御衣《んす》の匂《にゐ》やちやうもとめて
振《ふ》別《やか》れて後《あとう》の伽《とうじ》にすらな

尚鷺泉

『琉歌全集』所収。衣を重ねた人の、匂だけでもとどめておいて、別れて後の慰めにしたいものである。別れてなお、忘れられないゆかしい人だったのであろう。きぬぎぬの思いをゆかしくあたためている粋人の恋である。鷺泉は尚順男爵の雅号。尚順はさいごの国王尚泰の第四王子で、高雅な風格、豊かな教養をあわせもった出色の沖縄貴族だった。政財界の実力者でもあったが、文化人としての活躍も多彩であった。（外）

覚出《うびじゃ》しゅさ昔夜半《むかしゆわ》の月影《つぃちかじ》に
しので語《かた》らたる人《ふぃとぅ》のなさけ

伊是名朝置

『琉歌全集』所収。思い出すことよ、昔夜半の月影で、忍び逢いして語りあった折の彼女の優しさが……。

女らしい思いやりのこまやかさが、月影の下でひとしお身にしみたのであろう。彼女のまなざし、小首のかしげ方、しなやかな指の動き、ひとつひとつが恋する男にとって「なさけ」であり、思い出の種である。「覚出しゅさ」の初句の懐かしさが、末句の「人のなさけ」であたたかくつつまれている。（外）

天気鳥《おーついきいどぅりい》ぬ　しかーしかー　鳴《な》き
居《う》そーらー／別《ばが》れーるぃ　乙女《かぬしゃま》ぬ
泣きそんやー　思《うも》ーりそーらー

八重山・戦後のトゥバラーマ

『とぅばらーま歌集』所収。「おーついきぃ」は沖縄語のワーチチに同じ。「天気鳥」はコイナーのことだが、正体は不明。クイナとは別。鳴き声は鈴のような細い声という。この鳥が夜、南海上から鳴き渡ると、世界報をもたらすとして、松明を焚き島へ導く習わしがあった。しかしここでは、このコイナーの鳴き声も別離の哀しみを思い出させるものとして聞かれた。コイナーが寂しそうに鳴いて居るなー、別れた愛しい乙女が泣いているように思われることだ。（波）

思《う》まぬ者思《むぬうむ》てまどろみもすらぬ
哀《あわ》れ待《ま》ちかねるとりの初声《はついぐい》

金武朝芳

『琉歌全集』所収。自分のことを思ってもくれない人のことを思って眠ることもできない。夜明けの鶏の初鳴きを待つばかりである。「哀れ」な恋である。しかし、そうだからこそなおさらたまらない思いに胸を焦がし続けていくのも恋である。思い切ることのできない悲しい恋を、「思まぬ仲やすが時占よすれば　いつも片われの月やあらぬ」と、いつも半月のような片思いではないよ、と慰めてくれる歌もある。（外）

首里出の真玉橋さんのアクセント
夕餉《ゆうげ》の茶話に耳ざわりよし

上里無春

大正五年四月二十五日『琉球新報』「読者倶楽部」欄に見られる一首。アクセントは方言ごとに決まっていると言われ、「首里方言ではすべての単語が下降型か平板型かのどちらかのアクセントをもつ」という。そのために、柔らかい感じになるともいう。無春は春生の雅号の一つで、伊江島出身。伊江島真謝、西崎は屋取・士族帰農民が多いが、真玉橋さんも屋取りの人であったのだろう。（仲）

汝《つヴぁ》とぅ我《ばぬ》とぅが　間《ばし》がまからやよー
貴方《にしゃやや》とぅ　我《ばん》とぅが　間がまからやよー
水《みジ》やとぅんどぅ漏《む》りんがしゃく抱チどぅ

池間島・トーガニ

『南島歌謡大成　宮古篇』所収。お前と俺との間からはよ、愛しい貴方とこの私の間からはよ、水さえも漏れない程に抱き合ってよ。男女の情愛の深い間柄を水も漏らさぬ仲と言うが、トーガニはそれを直截的に、しかも肉感的に歌った。八重山のトゥバラーマは、情愛の深さを表現するのに「二人の間からは小風さえもすりぬけられない」と目に見えぬ風を使って内省的に歌ったが、トーガニはあくまでも力強く思いを歌う。（波）

浮世《うちゆ》波《なみ》立たぬ島《しま》にこぎ渡《わた》て
つなぎとめおかな恋《くい》の小舟《くぶに》

保栄茂朝意

『琉歌全集』所収。浮世の波の立たない島に漕ぎ渡って、つなぎとめておきたい恋の小舟よ。とかくうるさい浮世である。恋をし、人目をはばかって愛しあう二人にとって、口さがない世間の波立ちほどつらいものはない。恋の小舟に乗った者たちの悲しい悩みである。にもかかわらず、乗らずにはおられない恋の小舟でもある。「よそ知れて浮名立つ波のしげく、かからはもままよ恋の小舟」とも歌っている。

（外）

かにかくにまもり来りし童貞も
君と離れて何のほこりぞ

玉井君太郎

大正五年八月五日『琉球新報』所載「琉球歌壇」に発表された四首の中の一首。かにかくには、あれこれと、いろいろとの意。童貞は、まだ異性に接触していないことで、主に男子についていうが、カトリック教では尼僧の称。さまざまな誘惑を振り切ってきたのに、君と一緒になれないのでは、一体何の意味があったのであろうということである。清純な、憤怒と悲しみがいりまざった一首。(仲)

やらぶ種子《だに》にん　転《くる》び来《くう》　一人子《ぴすりふわ》
転《くる》び種子にん　廻《まー》り来《くう》　一人子《たんがふわ》

黒島・やらぶ種子アユウ

『南島歌謡大成　八重山篇』所収。ヤラブはテリハボクで、ピンポン玉位の実を木一杯につける。台風が吹くと、その青い実は一面にばら撒かれ、子供達の遊びの友となった。「転《くる》び種子」は、その形状からの対語。ヤラブの種子の様にころころと転んでおいで一人子よ。転び種子の様に、何時も廻っておいで一人子よ。童謡的な言葉遣いであるが、嫁いで家を出る我が子への呼び掛けである。素朴な中に親の心の現れた一節。（波）

あちやの夕間暮《ゆまんぐい》や城岳《ぐしくだき》のぼて
待《ま》ちゆんてやりあれに語《かた》て呉《くい》れよ

神里常徳

『琉歌全集』所収。明日の夕暮れは城岳に登って、待っていると彼女に伝えてくれよ。城岳はうっそうと繁る樹木や松林におおわれ、深閑とした場所だった。那覇の街からはほど近い郊外でもあり、人目をはばかる恋人たちの忍び逢いの場所でもあった。歌の良し悪しより、バンシルー、クービ、野イチゴ、ナンデーシーなど野生の果実を探し廻った昔の城岳が懐かしい。御嶽のわきを登りつめた頂上からの眺めは絶景だった。(外)

時《し》雨《ぐ》るゝや甘《き》蔗《び》畑遠く海光る

草太郎

大正五年三月十一日『琉球新報』所載「琉球俳壇」に発表された「春の暗示」七句の中の一句。「時雨」は冬の季語で「秋冬の交、急に雨がぱらぱらと少時間降ること」をいう。琉球方言では冬の冷たい雨、冷雨のことをシムといい、冷たい雨が急にぱらぱらと少時間降ることをシムカキーンという。冷たい雨が、甘蔗畑を濡らしたりしているが、その遠くに見える海は輝いていて、すでに春の兆しがあるというのである。（仲）

糸木名《いときな》ののろの　童《わらべ》ちやれ持《も》たちへ
ちやらが嶺《みね》登《のぼ》て　神《かみ》ぎや船《ふね》見《み》れば
ゑけりやうらぎやこと丶　あんす痛《いちや》け思《おも》い

『おもろさうし』十四巻所収。糸木名のノロが、童に草履を持たしてちやらの嶺に登って、神の船を見ると、兄さんの船が穏やかな航海であるようにと、こんなにも痛く切ない思いをすることよ。ヱケリ（兄）の航海の苦労を思いやり無事を願って心を痛めているオナリ（妹）の姿が映されている。「ちやれ」（草履）は航海の安全を祈るための呪物。

（外）

この日ごろ煙草くゆらすつかのまも
やすき心のわが身にあらず

草秋

大正七年三月三十日『琉球新報』に掲載された「春愁」三首の中の一首。くゆらすは、けむりを立たせる、くすぶらせる。やすきは、たやすいこと、やすらか、安泰の意。つかのまは、例えば「マッチ擦るつかのま海に霧深し身捨つるほどの祖国はありや」（寺山修司）のように使い、わずかの時間。煙草さえもはや慰めにならないというのである。煙草もマッチも「身」を焦がす火なのか。（仲）

火《ひ》ぬ神《かん》がなし　美《く》ら御《う》帳面《ちょうめん》　書きみそーち
改《あらた》まて　しんたまて　一日《ちぃたち》から　拝《うが》まりみそーり

大宜味村のオタカベ言

『南島歌謡大成　沖縄篇』所収。スワーシウガン（師走御願）の時に火の神に向かって唱えられる。火の神は竈の前に鎮座まして一家を守護する。家族の一年の所業を漏らさず見届け、十二月二十四日には昇天、それを天帝に報告、一月四日に再び竈の前に戻られるという。昇天なさる火の神様、一家の者の行いを立派にお書き戴いて、一日からは改まり、新たまって私達に拝まれて下さい。（波）

とぅばるま　しょんかねーや　いずすどぅ
主《ぬしぃ》／愛《かぬ》しぃ　乙女《みやらび》　抱《だ》ぐすどぅ　主

八重山・トゥバラーマ

『とぅばらーま歌集』所収。トゥバルマ、ションカネともに八重山を代表する情歌。いずすは、歌う者の意。トゥバルマやションカネーは歌う者こそがその歌の主人公。他の者はただそれを傍で聞くだけだ。それと同じに、花のような娘っこも、抱き取った者こそがその主となるものだよ。少々乱暴に聞こえるかもしれないが、恋の教訓とみればなるほどとうなずかれる一首。意表をつく上句と下句の取り合わせが新鮮である。（波）

思《うみ》切《ち》らんすれば無《ん》蔵《ぞ》が面《うむ》影《かじ》の
立《た》ちまさりまさり目《み》の緒《をうさが》下て

仲順親雲上

『琉歌全集』所収。思い切って別れようと思うのだが、恋人の面影が眼の前にちらついて忘れることができない。「目の緒」という日本語はない。目頭に対する目尻の「尻」を避けようとする美意識なのであろう。「緒」は長く続くものの意で、長い目じりの美しさを意識した雅な琉歌的造語。「目の緒」は、目頭とは違う形で涙の宿る所である。恋しい人の「面影」が「目の緒さがて」といういい方で表現されるのが目立つ。（外）

あがと山原《やんばる》と糸《いとう》の縁《ゐん》結《むす》で
思《うむ》ひ自《じ》由《ゆ》ならぬ百《むむ》のくりしや

大宜味朝知

『琉歌全集』所収。あんな遠い山原の娘と愛の縁を結んで、往き来の自由にならないことがたいへん苦しい。「糸の縁」は愛情という糸で結ばれた縁。小指に結んだ赤い糸の縁もある。糸にはまっすぐに、直らかに、穏やかになどの意味もあり、琉歌に「かれよしのお船や糸の上にはらち　三日の日のお祝い山川港」と歌われている。オモロ語にも「縄渡ちへ　糸渡ちへ」とあり、繊維の糸だけでなく、人の心、生命の意。（外）

にしぬ海《うみ》から　潮《せー》ぬ花々《はなばな》　踊《うどぅ》い来々《きーきー》
世果報《ゆがふう》　持っち来《ち》ゃーる　うふじゃー　でーびる

渡名喜島のウムイ

『南島歌謡大成　沖縄篇』所収。正月に縁起物の塩を売る時、門前で歌うウムイの後半部。「せー」は波、「せーぬはな」は波の花、即ち波頭に咲く白波。穢れを祓うものとされた。マース（真塩）はその結晶である。北の海から潮の花々が踊り寄せ、世果報を持って来ました。それをお届けに上がりましたウフジャーでございます。ナンジャマース（銀塩）・クガニマース（黄金塩）を戴き、一年の豊饒と息災を祈るのである。（波）

あとがき　「ことば・咲い渡り」を終えて

波照間　永吉（名桜大学大学院教授）

「ことば・咲い渡り」は『沖縄タイムス』で一九九一年一月一日から連載が始まった。外間守善先生の〝あけもどろの花〟のオモロからであった。前年十一月頃か、沖縄タイムス社の応接室で、外間先生、仲程昌徳先生と編集を担当して下さった長元朝浩氏を囲んで企画の話し合いが持たれた。『朝日新聞』で大岡信氏の「折々の歌」が大きな反響を集めている頃である。琉球文学と沖縄近代文学の詩の華を集めて、その底に流れる沖縄人の心ねを尋ねてみようという企画だと受け止めた。連載の表題は、仲程先生の提案によるもので、いかにもこの企画に相応しいものとなった。

一九九〇年十二月三十日に社告が出、外間先生の「『ことば・咲い渡り』連載に当たって」が掲載された。外間先生らしい歯切れのいい御文でこの企画の狙いが述べられている。「ウチナーンチュの心が、ウタの中にどのように託され、表現されたか、文学という世界から覗いて」、「ウチナーンチュの心を沖縄のことばに探る」と述べておられる。琉球文学の中からオモロと琉歌を外間先生が、近代詩歌を仲程先生が、そして琉球歌謡を私が、という分担である。

外間先生の意図を当時の私がどれだけ実現できたかは心許ないことではあるが、ともかく奄美・沖縄・宮古・八重山の、それこそ名も無き人々の心の歌を伝えられるようにしようとだけ思った。一ヶ月三十日として、四つの分野だから、毎月七回程度の担当である。歌の部分は二〜三行、解説・鑑賞部分の字数は一六五字、都合二二〇字程度の原稿である。楽なはずであったが、これがどうして一筋縄にはいかない。第一に琉球の「歌謡」は一つの物語をもって謡われるから長いのである。しかも対語・対句による叙事的な詞句の展開であるから、一つの詞句を切り取っても意味的なまとまりを示すことはめったにない。宮古のトーガニーや八重山のトゥバラーマやシュンカニは苦しまなくていい。短詞形の叙情詩だからである。だからといってこればかりというわけにはいかない。なぜなら、宮古・八重山の歌謡の面白さは物語歌謡の中にある。これを捨てては何の意味もない。沖縄の神歌も同じである。オモロに通じる世界をどうにかして示したい。これらこそが琉球文学の一大特徴ではないか。そう考えると詞句の選択こそが一番の仕事である。毎回、毎回、『南島歌謡大成』四巻をひっくり返し、祖先達が創り出した美しい言葉、心の底からの声と向き合う作業を行った。そして、解説・鑑賞の部分では自分の素直な読みを書くことにした。

月の下旬に七、八回分の原稿を携えタイムス社の階段を上った。当時はまだ、ワープロなど使ってもなく、また、ファックスで送信することなどの無い時代である。私の所に特段の反響はなかったが、「読んでいるよ」という声をかけてもらうことはあった。しかし、一年の予定が二年になり、そして、三年に及んだ。これは外間先生も意外のことではなかっただろうか。私の詞句の選択もより難しくなった。そんなとき、詩人・思想家である大先輩のK氏が「波照間君は儲け役だね」と話しておられた、ということを耳にすることがあった。読者にとってオモロや琉歌に比べると、宮古・八重山そして奄美の歌の世界は初めてのものが多かったのだろう。この声に励まされ、生活の息吹を伝える宮古・八重山・奄美の人々の詩歌の華を拾い上げなくては、と思いを新たにして仕事を続けた。苦しくはあったが、今にしてみれば、いい勉強の時間でもあったのだ。こうして一九九四年四月十七日をもって「ことば・咲い渡り」は終わった。その後、思わぬ嬉しいことがあった。郷里・石垣のさる方が連載を三冊の手作りの本にして届けてくれたのである。美しい表紙をまとったこの本はどれだけ私を勇気づけてくれたことだろう。彼女のような熱心な読者があったのである。

ここで一つお許し願わなければならないことがある。作品の読みのためには、テキストに手を加えてはいけないことは、百も承知である。しかし、私が依拠した歌謡テキストは、近世から現代までの長い間にいろいろな人がそれぞれの思いをもって、自らの地域の歌を記録したものである。さまざまな表記がある。これを僅かなスペースで紹介しなければならないという難題が私にはあった。ここで考えたのが、ひらがなやカタカナで書かれた歌詞に漢字を当てることによって、その力を借りることができるのではないか、と思ったのである。例えば奄美の「かんつぃむぃ節」であるが、そのテキストの表記は「ゆぶぃがれぃあしだる／かんつぃむぃあぐぐわ／なしゃがよねなれぃば／ごしょがみちじ／みすでぃふりゅり」である。これを「昨夜がれぃ遊だる　かんつぃむぃ姉ぐゎ／明日が夜なれぃば　後生が道じ　御袖振りゅり」と改めた。本来の表記はルビの形で示し、「道」「振りゅ」などは当たり前の読み方で読んで貰うということで、これらはルビを割愛した。これで「解説」のスペースを語注だらけにすることを避けることができた筈である（今回の書籍化に際しても新たに漢字をあてた例が幾つかある）。また、以下のような改変を施した部分がある。①タイトルをわかりやすく換えたものがある（例：テキストのタイトル「五月、稲の穂祭火神の前に三日御祟（首里三平等）」を「首里・稲穂祭の時の火の神への三日オタカベ」と換えた類。タイトルについては今回、若干説明的な部分を補ったものもある）、②スペースの都合でハヤシを省略した（例：「石嶺《いしんみ》のあこー」の「しゅがなシ」は全節に繰り返されるハヤシであるがこれを省いた。「古見の浦」では「いつん　おふれ　語ら」を省略した類）。③スペースの関係で原歌詞の対句一行を省略した（例：宮古多良間島の「美しい正月《かぎ》」。今回、これを元に戻して省略した対句一行を復活してある）。これらは新聞連載時にお断りすることができず今日までそのままにしてきた。ご理解賜りたい。

今度の書籍化にあたって、外間先生がご執筆された部分については私の方で校正を担当した。特にオモロについては、先生はその後、『校注おもろさうし』上・下（二〇〇〇年、岩波書店）を出しておられる。お元気であられたなら手直しなさりたい部分もあったことであろう。しかし、これについては一九九一年一月〜一九九四年四月という時点での著述であり、それを尊重させて貰い、手を加えることは差し控えた。ただ、新聞の囲みスペースの中で、オモロの「一／又」記号による記載が不自然となっている部分がままあった。これについては、改行などを新たに施し、先生との共編著である『定本おもろさうし』の形式に整序した。琉歌については島袋盛敏・翁長俊郎『琉歌全集』（一九六八年、武蔵野書店）をテキストにしておられるので、これによって確認作業を行った。外間先生がお書きになった文章の内、まとまったもので未だ刊行されていなかったのは「ことば・咲い渡り」だけで、この度このような美しい形に書籍化出来て、心からうれしく思っている。

今回、ボーダーインクからこのような形にまとめてもらい本当に有り難いことと思っている。書籍化については、連載を担当された長元朝浩さんに何度か相談にのっていただいた。今回、ボーダーインクをご紹介いただき、このように実現することができたことについて、長元さんへ深く感謝している。そして、コロナ禍という困難な状況の中、本書の出版をお引き受けいただいたボーダーインク社長池宮紀子さん、編集を担当してくださった喜納えりかさんにも深い感謝の気持ちをお伝えしたい。有り難うございました。

二〇二〇年五月二一日

本巻によせて

解説のようなもの　本巻によせて

池澤 夏樹

琉球・沖縄が文芸の咲き匂う国であったことを知らなかったわけではない。しかしこの本を読むまでその隆盛をぼくは実感として認識していなかった。新聞の小さなコラムを毎日続けて尽きることがない。

この企画のモデルは大岡信が朝日新聞に描いた「折々のうた」だったろう。あちらは一九七九年に始まって六千七百六十二回続いた。

日本文学は世界でも珍しく長い歴史を持つ。一つの言語でこんなに安定して詩歌が書き続けられたことは中国語を除いて他に例がない。だから大岡信は自信をもってこの連載を始めることができた。それでもある時期から後は新刊の私的な歌集・句集に材を取ることが多くなった。基本は古典という方針が揺らいだようにぼくには思われた。

沖縄タイムスのこちらの方は四十か月、ざっと一千回。これまた素材は充分にあるという自信のもとに始められたのだろう。単純に人口比で言えば沖縄は本土の百分の一。文学史の長さで言えば三分の一というところか。それでもまずは『おもろさうし』があるし『琉歌全集』がある。そして民謡や宣《の》り言《ごと》の歌詞というもう一つの大きな蔵がある。「みせせる」、「おたかべ」、「ゆんぐとぅ」、「あやぐ」、「くぇーな」、「とーがに」、「とぅばらーま」などなど。イザイホーなど伝統儀礼の唱《とな》え言《ごと》だってあるわけだし。

そこに近代の作を加えればいくらでも続けられる、と新聞社と撰者三人は考えたのだろう。そしてそれは正しかった。

ぼくは『池澤夏樹＝個人編集　日本文学全集』を作った時、第30巻「日本語のために」という巻を編むために『おもろさうし』と『琉歌全集』を丁寧に読んだ。それで琉球文学の威容は知っているつもりだったが、近代の豊穣はこの本を見て始めて知った。

一回ごとの読み切りを想定して書かれた文章だから、読んだ印象も小さな感動の連鎖になる。それを重ねてゆくうちにぼくはヤマトの文学とむしろ通底するものが多いことに気づいた。琉球・沖縄の文化を論ずる時、人は往々にして違いの方を強調する。それはそれでいい。琉球は独立した王国であったし（なんと誇らしげな言葉！）、沖縄はそれを奪われた地であった。この認識は正しい。

しかし沖縄語と日本語は祖語を共有する。文化においても近いものが少ない。『おもろさうし』の基本は土地への賛辞である。言葉で飾ることによって土地を祝福する。ヤマトでならばこれは古代の文学に顕著な姿勢だ。支配者は高いところに立って領地を眺め、見ることによって風土を讃える。国見《くにみ》はそのまま呪術的な予祝である。『古事記』にあるヤマトタケルの歌、「倭《やまと》は国のまほろば／たたなづく青垣／山隠《やまこも》れる　倭しうるはし」と、『おもろさうし』の「勝連は　てだ向て　門開けて／真玉金　寄り合う玉の御内肝高の月向／勝連わ　けさむ今も按司選ぶ」は同じ姿勢で詠まれている。

（二百七十六ページ）

それくらいは自分でもわかっていたと思う。しかし「無蔵《んぞ》」が南九州で言うところの「もぞかしい」につながっているというのには本当に驚いた。「伊野波の石こびれ無蔵つれてのぼる／にやへも石こびれ遠さはあらな」（三十七ページ）について外間守善が無蔵は「九州方言のムゾカ（愛らしい）に通ずる」と言う。

「無蔵」についてぼくが知っている例の一つが琉歌の「一人寝の枕　浮舟になちゆて　夢にこぎ渡る　無蔵がお側」だった。男が恋人を呼ぶのにこの言葉を使う（逆は「里」）。恋人に会えないと嘆く男が、一人寝の枕を舟に見たてて、夢の中であなたの側まで漕いでゆきたいと言う。「お側」という以上、女の方が位が上なのか。底には、涙の海を漕ぎ渡るという大袈裟な比喩が敷いてある。詠み手は小橋川朝昇。

それに対して南九州の例――石牟礼道子の『苦海浄土』の中で一人の漁師が昔を思い出して語る時のこと。「イカ奴《め》は素っ気のうて、揚げるとすぐにぷうぷう墨《すみ》をふきかけるばってん、あのタコは、タコ奴《め》はほんにもぞかとばい」と彼は言う。この「もぞかとばい」と強調されている部分の原型が「もぞかしい」なのだ。

他にも思い当たる節がなかったわけではない。沖縄では「原《はる》」は畑である。そのまま地名となった例は「親慶原《おやけばる》」などたくさんある。同じく鹿児島県には「新田原《にゅうたばる》」がある。更に沖縄では「村」は「そん」と読むが、これも共通する。南風を九州では「はえ」と呼び、沖縄では「ふぇー」と言う。

それにしても「無蔵」にはびっくり。

首里城が焼けてしまって落胆の底にいた時、くんちを付けようと思って与那原恵の『首里城への坂道』を改めて読んだ。琉球文化を後の時代に残すことに大きな貢献をした鎌倉芳太郎の伝記。彼が撮った写真がなければ首里城の再建は叶わなかった。

この本の中に芳太郎の盟友として末吉麦門冬《ばくもんとう》という男が登場する。文人にしてジャーナリストで快男児。それを知っていたから、本書で彼の「水祝我が身の上の今年かな」（十二ページ）という句を読んで彼の人柄が一気に明確になったような気がした。真松《まま つ》という妻を得たことを喜びつつも照れる。その思いを水祝という沖縄の風習に重ねながらヤマト風に俳句で表す。幾重にも文化が重なっている。

言うまでもないが奄美は琉球文化圏に属する。だからハブ避けの呪文である「奄美名瀬のハブグチ」が選ばれているのは当然（二百四十二ページ）。これを見てぼくは奄美出身の畏友中村喬次に教えられた呪文を思い出した

（奄美の人だから仲村ではなく中村、というようなことを説明しだせばきりがない）。ハブと対決・退治しようとするのではなく、互いに出会わないようにと祈る。中村版を見てみよう――

あやきまだらき
こうじりまわればこうがみまわれ
こうがみまわればこうじりまわれ
いきばいきちげ　やりばやりちげ
しみんしょーれ
とーとーがなし　とーとーがなし

この本、一項目ごとに何か言いたいことが湧き出る。話し始めれば停まらない。つまりそれほど優れた本ということだ。

二〇二〇年四月　札幌

（いけざわ・なつき　作家）

外間《ほかま》 守善《しゅぜん》
一九二四年那覇市生まれ。沖縄学・言語学・琉球文学研究などの第一人者。法政大学沖縄文化研究所長を歴任。『おもろさうし』辞典編纂など業績多数。法政大学名誉教授。二〇一二年没。

仲程《なかほど》 昌徳《まさのり》
一九四三年テニアン島生まれ。近現代沖縄文学研究者。『沖縄文学の一〇〇年』ほか著書多数。元琉球大学教授。

波照間《はてるま》 永吉《えいきち》
一九五〇年石垣市生まれ。『おもろさうし』『琉球国由来記』など琉球文学・民俗文化の研究。現在、名桜大学大学院教授。

『沖縄　ことば咲い渡り』さくら・あお・みどりの全三巻を同時刊行いたしました。各巻とも好評発売中です。

沖縄《おきなわ》　ことば咲《さ》い渡《わた》り
さくら

初　版　二〇二〇年七月七日発行
著　者　外間守善　仲程昌徳　波照間永吉
発行者　池宮紀子
発行所　（有）ボーダーインク
〒九〇二―〇〇七六
沖縄県那覇市与儀二二六―三
電　話〇九八（八三五）二七七七
ＦＡＸ〇九八（八三五）二八四〇
印　刷　株式会社　東洋企画印刷